Rainer Staub

Das Tonerstaubattentat

Das schwarz-feinstaub-pulvrige To-nerstaubattentat

© 2016 Rainer Staub

Verlag: tredition GmbH, Hamburg

ISBN
Paperback: 978-3-7345-6033-0
Hardcover: 978-3-7345-6034-7
e-Book: 978-3-7345-6035-4

Printed in Germany

o.: Kopierstube MR: Nach Tonerstauberkrankungen 2012 Schluss! L.u.: mit freundlicher Genehmigung Ferry Ahrle, Der Schweinegrippentanz (2010); r.u.: Michael Wolgemut. Gerippentanz in:Schedels Weltchronik 1493 gemeinfrei (S.261): http:wwwaski.org/portal2/images10 K1107AF.jpg ps://commons.wikepedia.org/windex.php?curid=2435286

SCHWEINEGRIPPENTANZ

Der Schweinegrippen- und der Totentanz vernebeln heut den Glanz der Toner-stauballianz? Aus einer üblen, bösen Saat erwuchs urplötzlich das verzweifelte, provokant befeuerte, wuthassgesteuerte giftige Tonerstaubattentat!? Die strittige „Behördenlüge Tonerstaub = kein Gesundheit-Raub" wird nun durchleuchtet durch den Oeko-Krimi von Rainer Purius-Furius Staub. Diese hausgemachte Tonerstaubgrippe verschonte nicht die „Schweinesippe". Die Quelle ist noch heiß. Das Bild links unten dient als Beweis. Dank sei Ferry Ahrle, der hier gab das OK.

Die Tonerstauballianz rücksichtslos und profitsüchtig wie im Mafiatanz? Diese üble, böse Saat erzeugt urplötzlich im Spagat das schwarzfeinstaubpulvrige Tonerstaubattentat!

Die harmlose Tonerstaubattacke im Affekt oder das heimtückische arg toxische Tonerstaub-Attentat? Die entscheidende Frage: Kurzzeitgast oder Dauerknast? Für den Richter eine Schauerlast. Unruhig zappelnd hängt er am vermoosten, morschen angebrochenen Ast? Das rechtzeitige aufrichtig zügige Fehlurteilebeichten und -bereuen verbunden mit einem kurzen mittelstarken Nordost-Windstoß eröffnet ihm wohl doch noch das stets ersehnte ewge Himmelsschloss? Bei entsprechend barmherzigem Gehör kommt er grad noch gequetscht durchs Nadelöhr?

Ein hautnaher Umweltkrimi im Noch-Zeitalter massenhaft gedruckter Kommunikation? Namen und Handlungen sind frei erfunden, sonst gäbe es viel Zoff und tiefe Wunden. Bis auf die reale Umwelt ist wohl fast alles ins Fiktive gestellt. Wenn Leser denken, es könnte ja sein, schaltet sich, so hofft man, halbautomatisch das kritische Gehirn auch mal ein: Könnten Kopf- und Halsschmerzen, Asthma, COPD, Rheuma, Fibromyalgie, Gastritis, Diarrhö, Blasen-Entzündung, Prostatitis, MS, Parkinson, Demenz, Hauterkrankungen inklusive Ekzemen, oft Psoriasis oder Neurodermitis, Krebs etc. etwa doch ursächlich auch von den gen- und zytotoxischen Nano-Schwermetallpartikeln der Kopierer oder Laser-Druckern sein? Die Leser, die coolen und die wilden, sollen sich ihr eigenes Urteil bilden. Wer will schon durch schmutzig toxisches Kopieren X Lebensjährchen noch verlieren? Für den Profit der wenigen anderen sollte man doch nicht u. U. vorzeitig in den Hades o. Orkus wandern? Macht lieber Urlaub schön noch in der Rhön oder in Flandern. Macht Euch fit durch Frischluftwandern. Meidet betrugsbedingt erhöhte Autoabgasluft und auch den Toxi-Tonerduft! Dann fallt ihr erst ein wenig später in die Gruft. Dort unten gibt's ja vielleicht sogar nach Abzug der Verwesungsgase bald wieder frische saubere Atem-Luft inklusive o815-Friedhofs-Blumenduft? Zwergkiefern, weiße Rosen, Stiefmütterchen, Primeln, Anemonen und der Bux- und Lebensbaum umgeben schmückend dann den letzten einen irdisch Ruheraum. Man kann sich wohl dann noch arg verkleinern und zu grobem Aschen-Urnenstaub verfeinern. Aus Materie, Staub erstand das wundervolle Leben. Durch Toxi-Ultrafeinstaub der wirren Tonerstaubballianz entschwand es oft verfrüht zum Totentanz? Und die große Tragik ist, meint Frau Wiebke-Olga Schmidt, die Politik trägt zu oft fahrlässig gehässig solch kriminellen Unrat mit?

Garantiert toxi-laserdruckerstaubfrei vorgelegt von Rainer Staub, Toxi Pulver, Nikel Arsenius, Kobalt Zinn, Benzol Chrom, Gadolinius Kadmium 2015 noch im Mai. Zur Aufklärung von verharmlostem Übel oder faulem Ei? Der kritische Blick sei mit dabei. Schon hier im Prolog erkennt man vielleicht schon, wer die Wahrheit spricht und wer da log? Trinkt dazu Rotwein im Glas. Verbürgt ist nämlich, dass liegt stets in vino veritas. Ist alkoholvernebelt mal die Sicht, dann lügt man übrigens meistens nicht. Das gilt auch für die Nobelschicht? Man hofft es, aber man weiß es nicht. Man braucht wohl oft dann als Dekor einen Lügen-Detektor. Bei Unfallversicherungen und sonstwo gibt es wohl auch spezielle, üble Statisten, die solches Gerät erfolgreich überlisten, allerdings partout nicht so ihre eignen Abgangskisten? Auf Petrus´ Himmelspforten-Eingangs-Buch stehen sie dann wohl noch mit auf der Liste der Vermissten?

Gewidmet sei der Oeko-Krimi allen Asbest- und Tonerstaubtoten und -kranken, die sich für die „vorbildlich große Ehrlichkeit und üppig großzügige Unterstützung" durch die Tonerstauballianz überwältigt sehr bedanken. Ob nun das unerwartete aber erfreuliche Eingeständnis der Bundesregierung durch die Presseerklärung vom 25.8. 2016, dass Tonerstaubemissionen Gesundheitsschäden verursachen, auch zur Unterstützung von sehr schwer gepeinigten Tonerstauberkrankten führt, meint Frau Prof. Dr. Ullrichette Kötter, wissen bisher doch nur die Götter. Amüsiert assistiert Frau Prof. Dr. Olga-Radunka Veith: „Das einzig Beständige bei den heutigen Politikern ist wohl die permanente Wankelmütigkeit?"

Einführendes Vorgeplänkel

1. Telefonterror nach Berufsunfähigkeitsantragsablehnung, Kohlhammers täglich oftmals laut repetierte, durchaus versierte Tonerstaub-Gehirn-Akrobatik, fast schon eine bizarre Automatik.

2. Schmutzig toxische Praxiskopierer und -Laserprinter, immer im Patientenwarte- oder Behandlungs-Zimmer? Toxikologie studiert so man-

cher schulmedizinerprobte Arzt ja fast nie. Solche Entgiftungsstrategie und das Naturheilkundewissen schmälern sehr oft erheblich den Gewinn von Pharmazie.

3. Hilfsorganisation gegen Tonerstaubgefahr aus Laserdruckern & Kopierern, echte Hilfe in der Not. Ein Strohhalm ist oft ein wenig Balsam. Tonerstauberkrankte helfen, informieren. Da der bisher „verantwortungsvolle" Staat nur bös verharmlost, würden weitere die Gesundheit noch verlieren. Dass die Tonerstaubgefahren verleugnende Haltung der Regierung kam ins Wanken, ist hauptsächlich dieser effektiven Stiftung zu verdanken. Die Mammutarbeit wird geleistet nur von Tonerkranken.

4. Frau flieht wegen täglichem, unerträglichem, nervenaufreibenden Tonerstaub-Palaver, oft ein Vorspiel zum Kadaver. Man meidet selbst dann wohl seinen alten Lover. Toxi-Tonerstaub-Nano-Schwer-Metall-Partikel verändern oft im Gehirn das Denken. Er lässt sich daher nicht mehr leicht gefügig lenken. Sie wurde vertraut mit Wortfindungs- und Konzentrationsstörungen sowie schweren Erschöpfungszuständen genannt auch Burnout. Er war ja schon lange tonerstaubversaut.

5. Die nur schwarzpulvrige Tonerstaubattacke und seltene professionelle, schnelle Täterverhaftung. Tonerstaubattacke, wer weiß das schon, ist eine meist unangekündigte, unfreiwillige nichtstaatliche Tonerstaub-Exposition. Da sagt Herr Wieprecht Specht: Beide, d. h. auch staatlich amtsverordnete verstoßen gegen das Recht, da sie beide durch Vergiften stets neue böse Krankheit stiften. Jürgen Raab lehnte letztere ab. Wochenlang war er bereits schon nach der vorherigen Toxi-Schwer-

metall-Nanopartikel-Tonerstaubbeföhnung sehr schwer krank! Um das grauenvolle Übel gänzlich zu verstehen, sollte man doch seinen You-Tube-Beitrag sehen! Er ist hart und klar, wie es beim Umweltbundesamt noch nie war?

6. Auf dem Polizeirevier. Kohlhammer macht nun den Ermittlern klar, dass seine Tonerattacke nur ein Notruf zur Rettung der Volksgesundheit und Krankenkassenkosten-Einsparung war. Die Toxi-Tonerstaub-Gefahren-Problematik wird in diesem Land erst mehr durch das „erfolgreich nachhaltige Tonerattentat" bekannt und zum Teil durch manches „unverkennbare Fehlurteil". Wenn allergisierte Tonerstaubopfer im Gerichtssaal Laserdrucker stehen sehen, wissen sie genau: Ihre Anreise war vergebens. Der Iudex (Richter) macht Verdummungsschau. Das geschieht, sagt Edda Schebdat, wenn man nur unvorbereitet ist und kaum oder keine Ahnung hat oder haben will bzw. darf. Ihr Einwand trifft vollends zu, die Kritik zu recht ist scharf? So mancher Richter arbeitet und begreift automatisch langsam diesbezüglich wie ein Nürnberg-Trichter? In diesem schadensersatzträchtigen Tonerstaubbereich, werte, liebe Leut, scheut er das gerechte Soforturteil heut. Er liebt und zieht vor sehr oft verzögert den faulen Vergleich und wird, um ein Präzedenzurteil zu verhindern, auch dann mal ranzig butterweich?

7. Der Prozessbeginn, die Wahl des Richters zwischen Pest und Cholera, ein gerechtes Strafmaß zu finden oder endlich eine karriereschonende Auszeit zur nur längst überfälligen lebenszeitverlängernden Prostata-Reparatur, die späte Rache der Natur. Immerhin eine schiefe Aus-

weichalternative der „unabhängigen Judikative"? An heißen Problemen, an heißen Tassen sollte man doch lieber seinen Stellvertreter sich braun-rot verbrennen lassen.

8. Immunsystemfeindliche U-Haft, Nährstoffmangel, Medikamentennot, langsamer Erstickungs-Tod, Schluss durch Mangel-Exitus. Das Fazit: „Kommst Du auf Erden hoch hinaus, gleicht es sich später wieder aus, sagt selbst die Laus zur Maus. Letztere fraß die Katze und dann war es ratzfatz aus." Die Laser-Drucker-Emissionen sind weltweit überall. Drum ist das hier kein Einzelfall. „Das stimmt, sagt Ivo von Berben, „wenn in einem nicht gerade unbekannten deutschen Konzern-Schnellkopierzentrum von zwanzig Mitarbeitern kurz über lang ca. 13 nicht nur krebskrank etc. werden und nach schwerem Leiden elendiglich sterben? Man macht hier keine Witze. Das ist nur des Eisbergs Spitze. Fraglich ist, ob die 7 Gesunden sind bereits über alle Hürdenrunden? So etwas erfährt man nicht. Die Kanzlerdemokratie und die entsprechenden Konzerne machen wohl in solchem Fall fast stets die Info-Schotten dicht?" „Ist die Kunst, unbequeme Wahrheiten zu unterschlagen", fragt Frau Cheruska Tusnelda Hesse, „nicht auch so ein Merkmal der sog. viel gescholtenen Lügen-Presse?" The answer, my friend, is blowin' in the wind.

9. Kohlhammers Fazit: „Kollidieren Recht und Politik, wird das Recht verbogen. Der Minister der Justiz nimmt davon kaum oder noch immer nicht Notiz und nicht nur das Bundesumweltamt, das lahmt, das eiert und verschleiert. Stoßen Gerechtigkeit und Politik zusammen, wird erstere zu oft ausgeschaltet. Nach der Vertreibung aus dem Paradies wurde manches schlechter und vieles mies. Pädagogik, Geschichtswissenschaft, Politik, Justiz Philosophie und nur die Schulmedizin ändern das nie. Wer das anders sieht, schießt sich selbst ins Knie! Wäre es anders, denke ich bloß, wären all diese Geistesblitze arbeitslos. Darum gibt es kein Zurück mit der Tonerstaubgefahrenverleugnungspolitik und man erstickt berechtigte Kritik. Fröhlich, lustig, heiter vergiftet man so immer weiter. Es wird nichts korrigiert, da es den Laserdruckernutzer ja auch gar nicht weiter interessiert. Die Zeit verrennt, weil letzterer unaufhörlich pennt, man nennt es auch wohl permanent! Die Zeit kann kommen, wo er nur noch flennt. Zu spät ist's, wenn er dann die Realität erkennt. Das Unglück ist nun im restlichen Leben fast so groß wie bei Sysiphos und Tantalos. Keine Früchte, keine Kirschen, nur Heulen und Zähneknirschen! Es ist verrückt: Kassandrarufe werden bisher von Industrie und Regierungs-Administration fies belächelnd unterdrückt. Dieses Skandalfaktum, sagt Frau Rabia Vrede, fehlt halt auch nicht nur in der Kanzlerin-Silvester-Rede! Denn solch Toxi-Tonerstaub und Toner-Mief veränderte sie wohl ganz negativ? Dann schalteten wohl viele ab oder aus, fragt die Maus? Damit das Durchschnittsalter der Menschen nicht **merklich** steigt, sind staatlicherseits gesetzliche Maßnahmen gegen die Feinstaub-Erkrankungen wohl nicht angezeigt? Laut WHO sterben die meisten Menschen halt dann weiter so. Das juckt in der Politik kaum einen, nicht mal den eleganten Fliegenträger in der GroKo? Herr Professor Carolus Lauterbach, wann werden Sie denn mal endlich wach oder sind Sie zu bequem, d. h. lt.

Ihrem Buch „Gesund im kranken System"? In der Tat trifft das auch wohl zu für Quecksilber-Fabrik-Ausstoß und im täglichen Brot das cancerogene vom wachen Umweltrisikobewertungsamt geförderte und verharmloste Glyphosat? Ohne Not backt man so Gefahrenbrot. Salat, Obst und Gemüse landen bereits umweltgiftbehaftet in der Kombüse. In der Kanzlerküche wird das nicht so sein. Da kauft man sicherlich mit üppig Steuer-Geldern nur unbelastete Lebensmittel gern und bio-teuer ein? Das schmeckt fein und müsste die passende Aufbaukost für professionellen Skilanglauf sein? Von Montag bis Freitag, fällt grad mir so ein, könnte noch volkswohlunterstützend der aus vielen nährstoffreichen Wildkräutern gemixte ost- oder westsibirische Eselstreiber-Salat sein? Nur die Ewigkeit, so hofft man eben, ist noch nicht total daneben. Die erhoffte Unabhängigkeit der Irdischen Justiz, "die gibt es nicht", sagt selbst die Miez auf der Reeperbahn vorm Kiez. Sie war mal sehr verknallt in einen Staatsanwalt. Kurz nach dem Akt ist die Wahrheit noch intakt. Bei der Bezahlung, man merkt es echt, wird der Charakter wieder grottenschlecht. Der Lauser wird auch dann zum Knauser. Noch ganz müde und auch matt fordert er nun 25% Rabatt. Ein Staatsanwalt ist kein König. Für außerordentliche oder -eheliche Lust-Eskapaden verdient er ja zu wenig. Ein bisschen mehr an Kohle und an Geld erweitert merklich seine Erlebniswelt! Er macht dann ja nur paar Stündchen Kurzurlaub von dem im Büro grassierenden noxen Tonerstaub?

Durch Sozialgerichtsinstanzen kommen Tonerstauberkrankte ja fast nie. Durch kommen öfter nur die Mini-Wanzen. Diese kleinen lieben Tierchen machen auch ja keine Hatz auf berechtigten teuren Schadensersatz. In diesem sozialgerechten Haus schließen sich Tierfreund und Menschenfeind gegenseitig nicht aus? Drum auf der Gasttoilette liest man mit Genuss: Homo homini lupus! (Der Mensch ist des Menschen Wolf, Komödiendichter Titus Maccius Plautus, 254-184 v. Chr.)

Kohlhammers Sicht: Der Wolf ist zwar gefährlich, aber er lügt und betrügt nicht. Er ist total ehrlich. Man wird nie zur Krücke durch Gier und Heimtücke. Er verachtet und frisst niemals tonerstaubverseuchte Fleischstücke. Für ihn ist, sagt Jägerin Gunda Reisch, so ne Beute nichts anderes als widerlich billiges Gammel-Fleisch. Ich bin erschüttert und deprimiert, wird eine Tonerstaubleiche gründlich obduziert. Nur durch staatlich permanent verleugneten gen- und zytotoxischen Nanoschwermetall-Partikel-Giftdreck war das Leben eben erheblich früher weg! Nur die wohl speziellen fast schon pseudo-hellen Kriminellen im Bundesumweltamt et cetera, meint Frau Isolde Senger, leben merklich länger? Direkt an deren Arbeitsplätzen gibt es keine Laserdrucker & Kopierer, d.h. keine Tonerstaub-Verlierer. So kann man sicher fast ohne Kopierstaubleichen das Pensionsalter noch bequem erreichen. Zu Hause haben diese lieben Artgenossen, das beruhigt sehr, keinen nicht nur Oxidativen Stress verursachenden Laserdrucker mehr! Der stinknormale Laserdruckernutzer muss allerdings in unseren Tagen wehrlos die Toxi-Dreckgiftschleuder auf seinem Arbeitsplatzschreibtisch noch ertragen! Der sture Arbeitgeber, der hier der BG blind treu doof d. h. totaliter servil vertraut, hat nun mal auf Sand gebaut. Auch das ist ja nicht neu: Die Mitverursacher solchen Elends gehören lt. Bibelzitat nicht zu dem Weizen sondern zur Spreu. Man sollte hurtig noch rechtzeitig versuchen, den hölzern Beichtstuhl aufzusuchen! Für die Spreu wird es teuer, denn sie landet lt. Bibelzitat nach der Ernte ja im Feuer. Beim aufrichtigen Beichten von diesem Luft-Verpestungs-Toximist wird ja der Pfarrer sogar noch Umwelt-Spezialist! Ohne viel zu parlieren, kann er die Erdenstrafe genau dosieren. Leider gibt's das kaum mehr. Es ist doch schon zu lange her: Befreiung durch Mittelalter-Peitschen-Selbstkasteiung! Und es meint der Bettelmönch Donatus-Lucius-Lucas Wicht. So ganz schlecht war das Mittelalter doch nicht? Barmherzigkeit gab's auch. Das beste Beispiel kommentierte Herr Prof. Sigibert-Humbert-Rheinhold Trochen: Karl der Große wurde nach angeblich ca. 30 000 Sachsenenthauptungen an der Aller ja auch noch heiliggesprochen. Natürlich erst nach echter Reue, so Frau Dr. Brunhild-Adolphine Treue! In der Pose: "wir schaffen das" und machen nichts, geht manches oder alles in die Hose. Sichtbar war und ist es nicht nur auf dem Feld von Asbest und Tonerstaub, wo man noch immer produziert eifrig permanent inzwischen wohl auch bewusst Gesundheitsraub? Das ist halt die superbe Arroganz der weitgestrickten und verfilzten Tonerstauballianz? Ein „Tonerstaub-Attentat" ist entehrend bös staubreich, schmutzig und nicht schön, aber soll der inhumane Vergiftungsprozess und -stress ungebremst so weitergehen? Man wird bürokratisch höchst ungesund verwaltet. Die Ratio und das Humandenken sind profitbedingt abgeschaltet und erkaltet? Solches Profitdenken richtet sich komplett nach des Römisch Kaisers Vespasian einträglich Pinkelkannen-Spruch im Bett: pecunia non olet. (Geld stinkt nicht). Der Unterschied zu heute: Das Pinkelkannenmonopol schadete damals noch keinem und tat der kaiserlichen Schatulle merklich wohl. Nicht nur die alten Römer erkannten, was noch an wertvollem Gesundheitsnutzen im sauberen Urin steckt, nämlich den perfekt voll durchschlagenden Wunden-Heil-Effekt. Wenn man dann vom unvorstellbar großen üblen schweren Leid der Tonerstauberkrankten trotz der übervielen bundesweiten Laserdrucker-Arbeitsplatz-Vergiftungen fast nichts hört, ist man dann ja wohl ganz froh im gemütlichen, von Betuchten gern besuchten Kanzler-Bungalow? Wie soll man unser überzüchtetes Sozialnetz noch finanzieren, wenn wir Tonerstaub- und Asbest-Schadens-Ersatz mit einkalkulieren? Der Herr Schäuble meint, das geht halt nicht. Sonst bekommt ja doch unser Staat bei Wirtschafts-Wachstumseinbruch, bei Konjunktur-Abfall das Burnout-Syndrom und wohl noch zusätzlich Verstopfung, Asthma, Anämie, Muskelkrämpfe und auch die äußerst schmerzhafte Harnstoffsäure-Gicht? Für die vielen Armen und die Kranken benötigen wir gewisse Schranken. „Wer nicht arbeitet, soll auch nicht essen." Die fast wortgleichen Wiederholungen von des Paulus zweitem Thessalonicher-Brief durch August Bebel, Adolph Hitler, Joseph Stalin und Franz Müntefering sind auch keineswegs aus dem Sinn, d .h. völlig vergessen. Dieser bekannte ur- und unchristlich Satz, der speziell macht auch auf die Tonerkranken Hatz, findet heut besonders in vielen Alters-Pflegeheimen Platz. Täglich Billig-Fleisch und Billig-Wurst, kaum Gemüse, kaum Salat, kaum Vitamine, kaum Nährstoffe, zu wenig Wasser für den Durst. Und eins, zwei, drei sind die Betten für die nächsten kranken Alten schon mal endlich wieder frei! Zu viele Heimbewohner dehydrieren, da man zu wenig Zeit hat für das beim Trinken Assistieren. Mit dieser Masche, mit dieser Linie hält man intakt die schnelle bundesweite Pietäts- oder auch noch preiswertere Internet-Entsorgungsmaschine Es gab wohl kaum einen Politiker, der da nicht pennte. Beträchtlich wichtige Kohle ging u. a. sinnlos verloren durch die nicht so notwendige Mütterrente. Einer der scheußlichsten der Gedanken. Man sparte u. a. speziell auch an unterbezahlten Krankenpflegekräften und den übervielen amtsgepeinigten Asbest- und Tonerstaubkranken! Doch stets fromm sind sie, „die edlen Ritter", beim inständigen Beten für die Erhöhung der Diäten! Das unterscheidet sie klar von den Propheten und Proleten. Das maßvolle Absahnen von Steuereinnahmen in fetten Jahren war schon immer ein eigentümlich, fröhlich Politikergebaren. In der Antike, man kann es kaum glauben, durften die römischen Prokonsuln und -prätoren von Staatswegen ganze Provinzen ausrauben. Ja die Generäle, die klugen Strategen klauten speziell in deren Hauptstädten gern und rigoros ganze wertvolle Biliotheken. Die aus Athen, Pergamon und die des Makedoniers Perseus, wie von den Dieben besehn, waren auch schon geordnet tonerstaubfrei und auch noch schön fotogen. Das manuelle Abkopieren der Bücher noch ohne Gutenberg-Holz-Presse, Offset-Druckmaschine, Zinkoxyd- oder Xerox-Trockenkopierer wäre zu aufwendig und zu teuer. So rettete man nun diesen Weisheitsschatz beim Plündern vorm Wasser und Feuer. Beim damaligen unmäßigen Saufen aus schweren Wein-Trinkbechern zog man sich herein das gehirnnoxe, nicht nur nachweislich wirksam verblödende Blei, von dem in den unter Herrn Dr. Norbert Lammert viel zu sorglos angeschafften Bundestagslaserdruckern und -kopierern war und ist neben den anderen zahlreichen toxischen Nanoschwer-Metall-Partikeln wie z. B. Aluminium, Cadmium, Titan, Chrom VI, Kobalt, Quecksilber, Tellur, Wolfram, Zink, Zinn, Arsen, Nickel, auch jetzto in diesem Mai doch auch noch viel zu viel dabei? Es gäbe hier weniger Mist, wäre er wie Gottfried Wilhelm Leibniz ein allwissender Pantosophist? Darum sehen viele Deputierten nicht mehr durch ihre teure Qualitätsmarkenbrille des Volkes Wohl, des Volkes Wille? Steckt der Politikkarren zu tief im Dreck und sie selbst kommen nicht weiter, holen sie schnurstracks heran nicht vom Volk gewählte Karrierejuristen für ihre Politik als Lenker und Leiter. Speziell die vielen tonerstaubunkundigen, eitlen, verstockten zu oft willfährigen Sozialgerichtsjuristen sorgten auch viel zu oft mit bei Asbest- und Tonerstaubkranken für die schnellen, oftmals überteuerten, um viel zu viele Jahre verfrühten Abgangskisten? Und die in Banken-Schadensbegrenzung äußerst erfahrene Zwölfjahreskanzlerin bleibt starr verhalten in der stoischen Ruh und schaut dem tollen „humanitären" Treiben mal unberührt gähnend und reglos, vielleicht sogar ja auch gar nicht zu? Kein Mensch, kein Bürger interessiert sich doch im Augenblick für Kritik an der Fein- oder Tonerstaubumweltpolitik. Hat man einen anderen Blick, hat man im Auge einen Mini-Knick! Die Flüchtlingspolitik war vielleicht auch nicht ganz so durchdacht? Sie grübelt vielleicht: Wie hätt es denn der umtriebige stets arg geschickt diplomatisch erfolgreiche Reunions-Kanzler Helmut gemacht?" Er hat bei dem unüberlegten, übereilten, unvorsichtigen Regierungsmanagement bestimmt nicht viel gelacht. Er hätts vielleicht professioneller gemacht und mehr EU-Staaten ins Flüchtlingsaufnahmeboot gebracht. Auch ist sich sicher da Frau Dr. Trautine-Ramonida Predigt: Die pandoraartige Tonerstaubmisere wäre doch schon längst erledigt! Anders siehts Frau Esmeralda-Pia Knie: Besser ist immer **jetzt** als nie!"

Dem Telefonterror nach Berufsunfähigkeits-Antragsablehnung folgt als Automatik Kohlhammers permanente Tonerstaub- Gehirn-Akrobatik.

Alois Mühsam hockte noch kurz vor Feierabend auf seinem teuren, neuen, bequemen Marken-Schreibtisch-Sessel. Der heutige Freitag war bisher ruhig angegangen. Er strahlte frohgemut fast Fröhlichkeit aus, da das Wochenende endlich wieder mal erholungseinladend winkte. Nach der Lektüre seiner Bildzeitung hatte er ja auch immerhin noch diverse z. T. auch perverse E-Mails bearbeitet, ohne wieder einen ungeliebten Trojaner einzufangen. Nach dem relativ schwer verdaulichen Mittagessen - es gab zwar nur Kokos-Fett-Kartoffel-Brei, überwiegend gesättigte Fett-Säure mit dabei, 4 hartgekochte Eier aus Frei-Landhaltung - Mensch Maier, die Henne war ein Öko-Bayer - mit Rahmspinat statt Salat - hatte Frau E. Ramsauer, die in allen Dingen schwergewichtige Herbstblüte der hochangesehenen und gefürchteten Unfall-Versicherungs-Behörde aus dem Nebenzimmer ihm u. a. noch zwei nach Holzfäller-Art überdimensioniert große Stücker Geburtstags-Kuchen, echten, von ihrem derzeitigen leider nur noch Offenbacher Liebhaber gebackenen kalorienbombigen Frankfurter Kranz, geliefert. Der einzige ernsthafte Arbeiter in seinem Büro war sein schon etwas arg ramponiertes Magen- und Darmsystem. Das Essen war nicht halb verdaut, das Grummeln war noch ziemlich laut, dem alten Spießer als Genießer aber wohl vertraut. Sein Hemdsärmel war mit kirschrotem Fleck auch markig eingesaut. Nach dieser aufwendigen, fett- und zuckerreichen, energieraubenden Verzehrs-Akrobatik hatte ihn eine Art verspäteten Mittagsschlafs eingeholt. Immerhin war er schon zwanzig Minuten vor dem ersehnten Feierabend aufgewacht. Nun klingelte auch noch oder schon sein hässliches Amts-Telefon. Heute war er von den vielen Arbeitsstunden noch nicht so schlapp. Trotzdem nahm er doch den bereits arg nervenden Telefonhörer erzürnt zwar nur ungern noch ab.

Ein Herr Kohlhammer meldete sich. Der laute hohe schrille Ton der Stimme enthüllte Wut und Aggression: „Warum haben Sie, d. h. Ihre werte Unfall-Versicherungs-Behörde, meinen Berufs-Unfähigkeits-Antrag betreffs mehrjähriger fast täglicher markant beißend übelriechender Ventilator-Cooler-Tonerstaub-Abluft-Vergiftung erneut mit nachweislich so widerlich dummdreist verlogener Begründung abgelehnt? Meine entsprechenden ärztlichen Atteste und aufwendigen, teuren Facharzt-Untersuchungs-Ergebnisse wurden eigenartigerweise nicht anerkannt. Das ist doch ätzend und sehr stark verletzend und schafft auch heiße Wut im Bauch. Die zusätzliche gegen Humanität und Gesetz verstoßende toxische Zwangstoner-Exposition durch Ihre Monopol-Versicherungs-Behörde hat mich noch wochenlang mit schwersten kaum ertragbaren Krankheits-Symptomen bestraft: Ihre vielfältigen

Danaer-Geschenke gehen rheumatisch auf die Gelenke und reichen von Fieber-Anfällen, Kopfschmerzen, Seh- und Schlafstörungen, Gastritis verbunden oft mit Schisseritis, Burnout, Dreh-Schwindel, Herzrasen, Tinnitus, plötzlichen längeren heftigen Tremor-Attacken, Asthma inklusive Erstickungs-Anfällen, Nasenbluten, Kieferschmerztortur, juckendem silbrig pustelnden Psoriasis-Haut-Ausschlag, Ekzemen - trotz der Ärzte Skepsis fehlt auch nicht die Sepsis - etc. bis fast zum anaphylaktischen Schock. Dieser Gadolinium und toxische Schwermetalle wie Kobalt, Nickel, Quecksilber, Blei, Tellur, Wolfram, Aluminium, Zinn, Chrom VI, Titan, Arsen, Brom etc. enthaltende Nano-Tonerstaub-Dreck hat u. a. meine Nieren und die Leber schwer geschädigt. Hier werden wohl neue für die Pharmazie profitable Dialyse-Patienten kreiert? Ihr teurer ebenfalls durch Bürger-Steuergeld überbezahlter Zwangsgutachter hat mich weder mal angerufen noch untersucht und kommt nach seiner und ihrer „virtuos" manipulierten sog. Aktenlage ohne Anhören und Direktuntersuchung des Patienten somit natürlich auch zur gleichen bösartig verlogenen inhumanen Antrags-Ablehnung. Man könnte sie wegen Gesetzesverletzung auch verfluchen. Sie nahmen mir mein Recht, unter drei Gutachtern einen auszusuchen. Sie haben meine persönlichen Daten ohne meine Erlaubnis an einen voreingenommenen, willfährigen Sachunkundigen weitergegeben. Mit diesem Schmutz verstießen sie gegen das Gesetz zum Datenschutz. Da sagt mein Freund Franz-Heinrich Becher: Warum duldet die Groko solche Banditen, solche Verbrecher? Ja nun, ist doch klar, zur Überwachung dieser Behörde haben sie zurzeit ja keine Zeit? Die haben die nächsten Jahre, ahnt Frau Irma-Laetitia Nuhn, doch voll mit der Flüchtlingskrise zu tun! Da muss halt jeder Bürger-Magen ein paar kleine Umwelt-Ungerechtigkeiten mal ertragen. Was ist das schon, verglichen mit ALT-Ägyptens sieben schweren Plagen! Der Pharao, der damals auf dem Herrschersessel hockte, war auch so einer, der nur bockte. Noch ohne Tonerstaub-Beeinflussung versenkte er sein wertvoll Heer im damals noch viel sauberen Roten Meer. Was folgert die Friedensforscherin Gudrun-Renatalde Blame: schon damals eine sinnvolle ungewollte Abrüstungs-Maßnahme. Außerdem wurmt sie mich sehr, diese wohl erste antike Mega-Umweltverschmutzung im Roten Meer. Poseidon samt seinen 100 Nereiden bekamen vom Eisen und diversen Blechen Kopfschmerzen, Migräne und heftig Schüttelfrost und Seitenstechen. Sie mussten alle reihernd brechen. Mit Sturmfluten und bösen Monsterwellen wollten sie sich später mal an Umweltsündern rächen.

Der gleiche Scheiß, das gleiche Ding passierte auch Frau Geberling. Selbst beim Sozialgerichts-Prozess der Richter hatte sie weder angehört noch jemals je gesehen. Er beurteilte wohl viele, die er gar nicht persönlich kannte, und sah fast stets in ihnen wie in seiner allwissenden nervigen „Lieblingscousine" eine wichtigtuerische aufgeplusterte Moser- und Meckertante. Vielleicht war er ja handystrahlgestört oder nikotinbetört? Er behauptete in seinem schriftlichen Fehlurteil als Märchen-Erzähl-Dichter glatt das Gegenteil. Er war aalglatt: Die im Urteil geschilderte persönliche Anhörung fand nur nie statt. Jammerschade sprach die Made. Solcher Lügendreck geht auch nicht ab im Bade. Er sparte Zeit und versäumte wohl abends auch nicht den Juristentanz und schob das Tonerstaubopfer ohne geperlten Arbeitsschweiß „elegant" in die Nächste Instanz. Was große aufwendige Arbeit und bösen Ärger macht, schiebt man doch erleichtert nach Heinerstadt, was angeblich ein „schnelles, professionelles" Landessozialgericht hat. Das bedeutet für die meisten Tonerstaubopfer - da bist Du wohl platt - das von oben staatlich gesteuerte todsichre Schachmatt. Wenn nun die schwerkranken allergisierten Tonerstaubgeschädigten im Gerichts-Saal direkt bei der Verhandlung Laserdrucker stehen sehen, wissen sie genau, des Richters Sachkenntnis liegt wie bei euch um 0 oder bei mau, wie so oft steht sie im Stau. Das lässt den Richter nicht erblassen. Das merkt ja keiner. Die Öffentlichkeit ist sowieso nicht zugelassen. Die preiswerte Rechtsschutz-Prozesshilfe kam aus der gleichen Stadt des Landes Hessen. Doch konnte man das Sachwissen, die notwendige sorgfältige Vorbereitung und damit jegliche Prozessstrategie total vergessen. Die Anwältin war wohl körperlich im Raum, aber man hörte sie nachhaltig kaum. So ist es eben im Leben: Wenn der VdK keine erfahrenen Anwälte schickt, geht der Prozess vorschnell unnötig daneben. Der Grund ist, sagt Frau Gehlen: Kein fundiertes Sachwissen und die Beweisanträge fehlen. Und es folgert Herr Biel: für den gleichfalls unkundigen Richter ein kinderleichtes Spiel! Der Einspruch in der vorigen Instanz ging deshalb schon fast daneben, weil sie ihn erst in der letzten Sekunde abgegeben. So etwas ist, sagt man galant, kein hilfreicher Prozessbeistand. Über so viel Unvermögen in der Not lacht ihr euch in der BG wohl tot: Nach diesem Waterloo werden wir im Amt mit Sicherheit erleben, dass sie, die Klägerin, wird entnervt aufgeben: Hoch soll sie

dennoch leben! Was uns im Amte sehr gefällt: Die Damm-Bruch-Ver-
hinderungs-Strategie zur stetigen Vermeidung von Tonerstaubopfer-
schadens-Ersatz, die ist strategisch gut durchdacht, die hält. Ohne diese
Richterdisziplin, liebe Leute, wären Staat, Industrie und BG unstrittig
pleite? Bei unsrer Prozessstrategie gewinnen selbst schwerstkranke Toneropfer nie. Sie mühen sich vergebens ab. Vor Prozessende liegen sie
bereits wohlgebettet bereits friedlich, nicht mehr behördenstreitsüchtig
endlich dann im Grab. Mit den Jahren bauen sich die noch im Körper
vorhandenen toxischen Nanoschwermetalle doch auch noch viele ab.
Es merkt an Kollege Kai-Uwe Basser: Irgendwann schaden sie doch
noch unserem Grundwasser. Da meldet sich Abteilungsleiter Siegbert-
Ali Kohnen: man muss ja nicht unbedingt in Friedhofsnähe wohnen! Es
ist dann wie Hohn, wenn dann die Angehörigen, die Erben zu faul und
bequem sind und ausweichen der umweltfreundlicheren Veraschungs-
Kremation. Wenn man dann nämlich die Urne neben den modern eleganten teuren Flachbildfernseher stellt, kriegt er täglich noch was mit
von den Unbilden dieser Welt. Wenn die Urnenasche dann noch sichtbar vibriert, ist er vom Talkshow-Dummgeschwätz wohl irritiert? Bei
Frau Maischberger, witzelt Frau Unhilde-Holdine Brassel, hört sich
das an wie eine Babyrassel? Das passiert auch, wenn ein Aufmupf unsere tolle Tages-Wertarbeit in übler Weise kritisiert. Man setzt, oh
Graus, den Familien-Aschenrest wieder schlechter verbrauchter, verrauchter Zimmerluft und dem Elektrosmog inklusive W-LAN nun aus.
Zusätzliche Qualen kommen von der Handy-Dachantenne dank ihrer
„gesundheitsfördernden" Schafstörungs-Strahlen!

Zum vorletzten Tonerstaubprozesstermin (2013) gingen ein Journalist und ein Besucher hin. Die Berufsgenossen zeigten sich störrisch verbissen. Infolgedessen wurden beide hinaus komplementiert, d. h. regelrecht rausgeschmissen. Zur der euch nicht unbekannten Frau Geberling war das ehrbare Richterviererquartett alles andere als fair und nett. Dazu sagte der Jurist Dr. Sigismund Vermissen: Sie haben sie, das Toxi-Tonerstaubopfer, harsch mit unwahren und hinterhältigen Falsch-Begründungen ohne jegliche Revisionsmöglichkeit und sauberes Gewissen rigoros aus dem Rennen geschmissen. Es war ähnlich radikal wie bei der Revolutions-Niederschlagung durch die Viererbande im großen Chinalande. Eure holde Dame der TAD (Technischer Aufklärungsdienst?) der BG hat ja nun so nach deren Meinung bei angeblicher äußerst gründlicher Copyshop-Arbeitsplatz-Untersuchung klar festgestellt, dass bei ca. sechs Hochleistungs-Kopierern und einigen hunderttausend Arbeitskopien pro Monat nach 38 Jahren Einwirkungszeit aus technischer Sicht keine atemweggefährdenden Einwirkungen beim Opfer festzustellen seien. Im Auge hatte sie keinen erkennbaren Knick, trotzdem fehlte hier der volle Durchblick. Vielleicht war ihre Nase durch ihr überstark aufdringliches duftstoffallergieaggressives Parfüm irritiert oder auch schon hypertonerstaubkontaminiert? Ihr nur einziges Handwerkszeug, gute Nacht, sie hatte tatsächlich einen Fotoapparat neuster Bauart mitgebracht. Gar nicht übel sprach die Zwiebel. Gar nicht schlecht schnäbelte der Specht. Und Frau Dr. Fix meint, das ist ja besser noch als nix. Nur ist nun mal dieser Artikel ungeeignet für die Erfassung der gen- und zytotoxischen Nanoschwermetallpartikel.

Es ist für Tonerstaubopfer immer sehr gefährlich, wenn auch die zuständigen Richter sind nicht gänzlich integer oder grundehrlich. Wer versucht mit Gefälligkeitsgutachten und überholter einseitiger z.T. wissenschaftsuntauglicher Altlastliteratur und nicht kompetenter Alturteile zu zementieren, dass fast täglich eingeatmeter Tonerstaub verursacht keinen Gesundheitsraub, der sollte seinen Richterberuf inklusive Robe für dieses Leben einfach beim Gerichtspförtner abgeben. Wer die Tonerstaubgefahr im Amt nicht kennt, der hat im Beruf schon zu lang gepennt? Da meint auch Dolly, das geklonte Schaf: Solche Artgenossen kriegen Gehaltserhöhung sowie Beförderung ja auch noch im Schlaf? Stets vertrauen sie wohl stolz ihrer verordneten Obrigkeits-Kurz- oder auch Weitsicht: Tonerkranke gibt's in unsrem Lande nicht! So sagt es stets auch ohne Schamesröte im Gesicht zu oft das "kundige" Sozialgericht. Man sollte vielleicht solche Herren drei Tage lang in einen brummenden Copyshop einsperren? „Denn durch hautnahe Erfahrung", merkt an Frau Jugurtha Freise, „werden wohl auch verquerte Richter manchmal selten blass und vielleicht auch dann mal ein bisschen weise und bedauern die von ihnen fabrizierte Sch….?

Das ist allerdings wahr: Durch unwissentliche oder wissentliche fahrlässige kriminelle Verharmlosung wird er, der liebe Richter, ebenso wie ihr selbst als Steuergeldfinanzierte für die Opfer zur Tonerstaubgefahr. Viele haben sich selbst nie informiert und wurden durch Gefälligkeits-Gutachten bequem gern verführt. Sie agieren zurzeit verstockt aggressiv wie böse Viren? Wie viele denn von den 15 Millionen Laser-Druckernutzer wollt ihr noch durch geschönte Lügenmärchen mit widerlichen, ruinösen Tonerstaubleiden infiltrieren? Noch ganz leise: Die o. g. Abkürzung Sch…. Heißt Schande nicht Scheiße!

Und der altägyptische Pharaoschreiber jammert erleichtert im Grab: Horus sei Dank sei, dass es bei uns so einen Tonerscheiß noch nicht gab. Durch das viele Schreiben durch Sitzen und Bücken ging's halt nur auf den Rücken. Auch zu wenig Bewegung und das köstliche Bier schadeten auch Kollegen, nicht nur mir, aber nicht so krass und übel wie beim Tonerstaub hier! Ohne unsere Pyramiden, Schrift und Kultur sowie der Griechen und Römer, was für armselige Barbaren wäret ihr nur? So schlecht war unser Schicksal aber gar nicht gewählt, da offensichtlich der destruktive Tonerstaub fehlt. Ohne unsere schadstofffreie Tinte und dem Pflanzenpapyrus wär mit eurer rechtstaatlichen Ordnung und Kultur-Entwicklung bereits lange bei euch Schluss. In feuchten halbdunklen Höhlen würdet ihr wohl hordenweise noch ungesittet fressen, rülpsen, ununterbrochen furzen und grölen. Trotz Stinke-Stank und vielseitig Dreck die vielen ineffektiven Möchtegernpolitiker und die entsprechenden überheblichen Hoch-Nase-Behörden wären dann garantiert mal weg? Das wäre demokratisch aus meiner Sicht. Denn immer öfter tritt es ein: über die Hälfte des Volkes wählt ja noch immer nicht. Aus den sog. Restdemokraten entstehen daher zu viele „faule Tomaten", die zum ungesunden toxischen Laserdruckerkopieren raten. Wer aber nicht wählt, der sollte bei Wichtig-Wahlen ein erkleckliches Äquivalent, d.h. 1x Betrag nicht zu knapp, endlich mal zahlen. Frau Geberling hatte eine Liste von 6 schwersttonerkranken Kopierer-Technikern aus ja nur einer einzigen Kopiertechnik-Werkstatt mitgebracht. Sie blieb vom Richter verächtlich unbeachtet. Gute Nacht. In ihrer Verblendung sind diese Richter top. Sie wie ihr seid damit schuld, dass u. a. die Geberlings mussten wegen Tonerstaubemissionsschäden vorzeitig schließen ihren Copyshop. Ich hab's gelesen, wie es gewesen, mault Frau Hesse, in der Oberhessischen Presse. Arbeitsunfähigkeit, Existenzschädigung nach 40 Jahren fast täglicher nachweislich hochtoxischer Tonerstaubemission ist für euch und die Richter zurzeit eine zu vernachlässigende Kleinigkeit. Diese "Petitesse" sieht und liest man sonst nirgends in der Presse. So folgert Heinrich Bernhard Stifter: Wird unsere ehrbare Justiz und Unfallversicherung somit auch ein Förderer und Dulder der Tonerstaub-Umwelt-Vergifter? Sind diese Richter im Gehirn und anderswo wohl etwa auch bisle toxi-schwermetall-partikel-verstaubt? Bei dieser klar wissenschaftlich begründeten Tonerstaubgefährdung für ca. 15 Millionen BRD- Kopierer- und Laserdruckernutzer wird keine Revision erlaubt. Trallala, es ist ja nach diesen Intelligenzleuchten kein allgemeines Interesse dafür da. Nach ihrem harten Arbeitstag gehen sie, die gestressten Richter, wohl zuhause voll-bäuchlings gleich ins Bett, schauen weder Fernsehen noch Internet? Nie hatten sie davon gehört, dass in Niedersachsen aus den Justizgebäuden ca. 4400 verdächtige Laserdrucker umgehend flott entfernt wurden. Wegen mehrerer Krebserkrankungen in Burgwedel, bekannt durch Herrn Rossmann und das durchaus schicke Haus des Ex-Bundespräsidenten, hatten Mitarbeiter sich geweigert, an solchen Gefährdungsobjekten ihre Gesundheit feilzubieten. Auch kann man es nicht fassen, die dortigen Richter wollen den allergisierten Schwersttonerkranken, der bereits in

Fulda 2009 20% Versorgung erstritten hatte, in einer weiteren Toner-exposition bei einer München-Reise nochmals mit Toxi-Tonerstaub beschießen lassen. Hier hakt das Gehirn aus, sagt die Maus, die sind ja noch verstockter als mein Onkel Klaus. Ich hab einiges gelesen über das Menschenversuchsungeheuer Dr. Mengele. Der war auch absolut jenseits vom guten Engele! Sie, spezielle Richter, wissen wohl auch selbst noch nicht genau, wer vergiften lässt, gehört dem Gesetz nach wohl hart bestraft, eventuell sogar in den Bau. (§330StGB ff) Wasser veredelt mit Rizinusöl und Brot bringen sie vielleicht bald wieder ins richtige Lot? Und bei dieser mal spartanischen Ernährung bleiben sie schlank und gesund. Die sie, „diese edlen Richter", durch ihre unge-rechten Fehl-Entscheidungen täglich **mitvergiften** lassen, sind wohl bald oder irgendwann schwer krank und frühzeitig tot. Man tut dann blöd und ratet sehr: Wo kommt denn bloß das Übel her? Man weiß es vorher schon genau: Nikotin-Abusus selbst oder Mit-Raucher bei Oma, Tante, Oheim, Geliebte und Frau. Ist es das nicht, ist es nach deren Meinung vielleicht wohl ungelogen viel zu viel Alkohol und an Dro-gen. Ganz brandneu: Es war das Heu! Ist es das nicht, prophezeit Frau Klarinette Will, dann wird es sein wohl Tschernobil. Vielleicht, meint kopfkratzend Oberschwester Rabia-Stella-Annette ist es die tägliche blaue Viagra-Tablette?

Es kam auch hier in Heinerstadt nicht zu einer öffentlichen Verhand-lung. Man konzedierte wohl manipulativ nur ein Vorgespräch? Als Frau Geberling hier erklärte, dass die Behauptung des Sozialgerichts, dass nach gesicherten medizinisch wissenschaftlichen Erkenntnissen

Tonerstaub nicht geeignet sei, eine obstruktive Atemwegerkrankung herbeizuführen, totaliter unzutreffend sei und auf die Aufklärungsarbeit von Nanocontrol Hamburg mit Datenbank von zurzeit über 3500 Schwer-und Schwerst-Tonerkranken sowie -toten sowie auf die neuste umfangreiche internationale Aufklärungsliteratur, die bisher über 150 wissenschaftlich wertvolle Expertisen umfasst, hinwies, die nach einem Mausklick auch für Sozialgerichtsrichter einsichtbar klar und eindeutig die Toxizität des Toners für die letzten Vierjahrzehnte nachweist, zudem eine Vielzahl von Schwersttonererkrankten aus nur einer Kopierer-Techniker-Werkstatt, die Spitze eines Eisberges, dem iudex iustus (dem Gerechtigkeitsrichter) unter die Nase hielt und lautstark ein Urteil forderte, dass die Tonerlüge der Allianz von Industrie und Politik inklusive Justiz beende, sahen diese ehrenwerten Richter rot und machten schnell und willkürlich diesen ganzen Rechtsstreit erst mal tot. Aus zu viel Transparenz fürchteten sie sich sehr vor einem Urteil, was da riecht nach Präzedenz. Das könnte ja recht teuer werden berechnet nur für Deutschlands Erden. So machte man dem Toneropfer, dieser "grauen Maus", noch schnell rechtzeitig prozessuell den Garaus in diesem für Darmstadt besonders ehrenwerten Haus. Das Gutachten nach Aktenlage, auf das sie sich bezogen, war wohl einseitig geprägt und auch verlogen? Außerdem war dieses Gutachten juristisch nicht relevant, da die Berufsgenossenschaft versäumt hatte, Frau Geberling **drei Gutachtermöglichkeiten** anzubieten. Die BG hat wohl das Datenschutzgesetz vergewaltigt, da sie persönliche intime Gesundheitsdaten ohne Einverständnis der Tonerkranken fahrlässig weitergegeben hatte? Es ist die gleiche rüde Unprofessionalität wie im **Urteil L91126/12** des gleichen Gerichts in einem anderen Tonervergiftungsfall beschrieben und verdeutlicht. Damals hatten diese "edlen, weisen Richter" ein durch Benzol und Toluol vergiftetes Nass-Kopier-Opfer malträtiert und hurtig abserviert. Da meint selbst die Frau Rosine Fichter: Was haben wir doch hier nur für tolldreiste Richter? In Fulda haben Kollegen 2009 einem tonerschwerstgeschädigten Amtskopisten im Prozess endlich mal nur 20% Schädigungsversorgung gegeben. Erst bei 30% muss die Unfallkasse zahlen. Damit können sie noch komfortabel leben! Sie haben durch ihre „netten" Verharmlosungslügen stets mitvergiftet, aber noch nie mal etwas Kohle für die tausende € für das Opfer verschlingende Arznei und Medikamente und notwendige immunsystemaufbauende Nahrungsergänzungsmittel gestiftet. Erbärmlich, widerlich sagt selbst der Kaspar Friederich. Das allerschlimmste ist dabei. Durch Eure permanente Verharmlosungslüge vergiftet ihr immer wieder an jedem Tage neu! Die Vergiftungsursachen schiebt man dann, wie man's halt so braucht, auf Lotterleben, Nikotin-Abusus, Alkohol, Gülle und auf Heu! Verächtlich mockiert sich da Frau Sabura Lende: Der Amtserfindungsreichtum findet da kein Ende. Solch schäbig Gehabe spricht dann auch Bände. Gehört haben solche Amtspersonen wohl noch nie das Humanitas-Wörtchen Philanthropologie (Menschenfreundlichkeit)?

Ein Privatunfallversicherter hatte da ein wenig mehr Glück. **Er bekam nach einem knallhartem Rechtsstreit von seiner Privatunfallversicherung für seine widerliche lange fast unerträgliche Leidenszeit doch immerhin nur unter Schweigepflicht 70000 € einmal zurück.**

Allerdings hat so ein Vergleich bei klarem Licht für die unzähligen Toneropfer kaum Gewicht. Es fehlt wohl der notwendige Schritt, die Tendenz zur Präzedenz. Das ist äußerst schlecht. **Gleichheit für alle schwer Tonerstauberkrankten ist nur gerecht!** Das machen die nie, sagt Herr Althusius Wiener, diese ausgepufften, "liebenswerten" Schlawiner! Nur durch nach oben artig Katzenbuckeln kommt man weiter, kommentiert erheitert Prof. Adolphine Reiter. Durch diesen ererbten Missstand in der Beamtenhierarchie, gebt fein acht, erhält Frau Merkel ihre Macht. Bei Dunkelheit und wenn es wird hell: Macchiavelli ist bei ihr auf diesem Feld fast immer aktuell. Im Verständnis und Handhabe von Niccolos Gedanken ist ihr nur einer haushoch überlegen. Das ist Präsident Putin, sagt mit angstvollem Respekt die Historikerin Frau Prof. Dr. Isi Degen. Am Melos-Ultimatum aus Thukydides Peloponnesischem Krieg, zeigt auch Frau Isi Degen: Wer ohne wirkliche Macht nur diplomatisch viel gebärdenreich redet, steht stets im Regen! Das trifft zu für die EU, den Brexit und wie ich meine auch für die Ukraine! Kritisch wird es dann, wenn man den durch Fassbomben erzwungenen Flüchtlingsstrom nicht mehr steuern und bewältigen kann. Auch die Toxi-Toner-Produzenten meint Frau Herbine Heugen, sind nur mit warmen Worten zur Umkehr, d. h. zur ausschließlichen Produktion von schadstofffreiem Toner, nicht zu überzeugen! Nur die **Sammelprozess-Gesetzesleine** mit harten Übertretungsstrafen wie in USA macht erst ihnen flinke Beine. Dabei fällt auf, wenn man Macchiavells Fürsten und Discorsi verinnerlicht liest, merkt man wohl, dass er kein Machtmensch war, sondern ein echter Moralist. Er verdeutlicht in

Moll, wie es eigentlich nicht sein soll. Frau Merkel hat das nicht erkannt? Sonst hätte sie beherzt den hochgiftigen Fabrikquecksilberausstoß jetzt und nicht erst 2020 ausgemerzt. Durch ihre Säumigkeit ist das nachweislich hormonschädigende Bisphenol A als täglicher Vergiftungs-Motor für Deutschlands Bürger noch immer da. Es wird nicht gehetzt: Die EU-Verordnungen von 2009 und 2012 zum Verbot der sog. endokrinen Disrupturen (hormonaktive Substanzen) , die schwer verdächtig sind, Diabetes, Herzkreislauf-Erkrankungen, schwer-sexuelle Funktions-Störungen, Fettleibigkeit und Krebsleiden auszulösen, werden einfach vorsorglich nicht umgesetzt. Das C im Parteinamen ist heute nur Anspruch, Makulatur, kaum mehr Wirklichkeit, Amen!? Der Abschreck-Profit durch die Zigarettensteuer ist ja auch so ein Ungeheuer! Sie war auch zu oft auf der Fährte, zu verteidigen die viel zu hohen, toxischen, gefälschten Autoabgaswerte. Übel und fast unverzeihlich ist, dass nicht nur Sie bisher das hohe Gefahrenpotential von Fein- und Tonerstaub sowie Asbest verleugnen ließ und noch immer lässt. Sie denkt wohl merklich stark verquert, wenn die Gesundheit des Bürgers ist kaum oder partout schon nichts mehr wert?

Gefälschte Abgaswerte bei Autos, heruntergespielte bös verharmloste toxische Kopierer- und Laser-Druckeremissionen begünstigt durch willfährige schmierige Politik z.B. wie bei der krebsverdächtigen Glyphosat-Verharmlosung und Abstimmungsenthaltung könnten diese Nichtwählerpartei gewaltig aufwerten? Viele sehen dann in den Rechten die neuen Ordnungs-Hüter und Gerechten? Des Bürgers Gesundheit verspielen, verlieren beim stetigen fast kritiklosen Wirtschaftshofieren?

Bei einem Positiv-Gutachter-Ergebnis für den Berufsunfähigkeits-Antragsteller wäre wohl dessen schnell und leicht verdientes Honorar weniger üppig ausgefallen? Man hätte ihm dann fürderhin keine profitablen Gutachten-Aufträge mehr zugeteilt? Welch finanzieller Einbruch hätte ihn ereilt. Er hätte dann ja wohl auch nicht nur ein erhebliches Vitamin B-Defizit. Drum hilft er gern euch auch beim Lügen mit? Wirft er dann kein B 12, Ginkgo-Max oder Tebonin mehr rein, stellt sich statt prudentia (Klugheit) die Verwirrung stiftende Dementia ein. Es könnte der sorgenbefreiende Zubringer Richtung Alsheim sein. Er ist schon nicht mehr auf der Höh, vielleicht liegt's an der Logorrhoe oder am BL-Effekt, der wohl jetzt Ihre Neugier weckt: Blöd durch Glimm-Stengel- PAK, Quecksilber, Aluminium, Nickel oder Tonerblei und -Zinn im Blut ist im Versicherungs- oder Gutachterbüro nicht nur für das Bewertungsopfer sondern ja auch für solche „Profi-Prüfer" fast niemals vorteilhaft und gut. Hier auf Deutschlands Erden kann wohl jede Pfeife ohne ausreichende Sachkenntnis Gutachter werden? Gewisse Richter und Entscheider lieben, ihre Urteilsfindung auf das für sie verantwortungsbefreiende Gutachten zu schieben. Oft kriegen die Gutachter erst dann wohl ihre Kohlen, wenn das Gutachten so ausfällt, wie vom Auftraggeber empfohlen. Er kann sich dann auch ganz sicher sein. Der nächste Auftrag kommt bald rein. Wie die Menschen sich so widerlich verkohlen, krächzen und juchzen auf den Bäumen schon die Krähen und die Dohlen. Und im Teich die Frösche unken: Sind das hie fast alle nur Gauner und Halunken? Eure „humanen" Menschen-Behandlungsmethoden gehen einem so richtig auf die ….., na Sie wis-

sen schon. Ihr habt wohl massiven Druck von oben. Doch Eure Will-
fährigkeit kann ich nicht loben! Wird sie bestraft, werdet ihr wohl to-
ben?

Werter Herr Mühsam, waren Sie jetzt so kurz vor Feierabend überhaupt
noch geistig aufnahmefähig oder sind Ihre Batterien, ihre ATP-Mito-
chondrien, schon gänzlich leer gefegt? Schon das verantwortungsvolle
Beamtendasein, sag ich kess, führt oft zu Oxidativem Stress. Damit Sie
am Telefon nicht bös veralten, habe ich es kurz gehalten. Ist es nicht
einfach Hohn, wenn Sie samt Ihrem Amt trotz geleugneter permanenter
Toner-Staubgefahr sprechen noch von Prävention? Ihr Motto ist wie
ein nie erreichter Gewinn im Lotto: Haltet doch noch aus die Qualen,
dann brauchen wir noch nichts zu zahlen. Vielleicht geht der Leidensdreck ja von selber weg. Vielleicht geht's auch mit weniger Wurst und
Speck? Frischen Knoblauch im Mund oder auch im Bauch, das stinkt
ein bisschen, aber er hilft doch auch. Beim Busfahren, da kennst Du
Dich sicher gut aus. Setz Dich nie hinter den Fahrer, er schmeißt er
Dich sonst raus. Manchmal sogar ganz nebenbei hast Du 3-4 Sitze neben Dir frei. Auch die anderen vor und hinter Dir lassen meist Dich in
Ruh. Sie halten sich oft nur entnervt die Nase zu. Voller Erfolg, mit
Verlaub, Du vergisst so die kranke Aggression auf den superfeinen Tonerstaub? Selbst Dein hyperhoher Homocystein-Wert, der sinkt, das ist
doch nicht verkehrt. Verschwende doch keine Zeit für vergeblich stupi-
de Aufmüpfigkeit. Auf Erden hilft's ja nun nicht, vielleicht für die
Ewigkeit? Du tust mir ja leid. Ertrag doch mannhaft unseren 1A-kun-
digen Sach-Bescheid! Ich kenn kaum ein Schicksal ohne Qual. Derar-

tige Sprüche kenn ich bereits aus der Unfall-Versicherungs-Küche, keine ungefährliche Gerüche; riecht man sie, hat man bald auch mal BG-Gesundheitsraub in Form von einer bösen Duftstoffallergie, ganz ohne TOXI-Tonerstaub?

Bei Fr. Geberling war ja die BG-Diagnose verblüffend neu: Die DSA kam aus dem Heu. Vielleicht war der BG-beauftragte Arzt ein ganzer schlauer, im Nebenberuf sogar ein Bauer oder villeucht auch schon tonerstaubverseucht? Auch fragte ganz neugierig mich Freifrau von Taden: Wie kommt das Heu in den Kopierladen, wo Frau Geberling die ganze Woche, jeden Tag fast vier Jahrzehnte lang fast stets geduldig leidend neben den acht permanent Toxi-Tonerstaub verschießenden Kopierern mal stand, mal saß und auch mal lag. Zudem folgerte Dr. Hannibal Wimmer: Vielleicht haben sie ja eine Ziege im Papierlager-Hinterzimmer. Dann bekommt jeder BG-Kontrolleurbesucher, jeder Steppke und jeder Knilch ein volles Glas mit tonerstaub nox-gewürzter Milch. Bald weiß es doch jeder von Marburg bis nach Siegen: Ihr vergiftet sogar mit Vergnügen auch noch harmlose, unschuldige Ziegen? Klarheit sorgt hier deutlich für Wahrheit: Die DSA (Duftstoffallergie), ja diese, hat Frau Geberling nicht von der Wiese sondern mit Verlaub durch vier Jahrzehnte langen Copyshop-Massenkopiertonerstaub. Siebenachtel ihrer Lebenszeit stand sie für ihre Kunden im Tonerstaub bereit. Die verpafften Zigaretten wirkten synergistisch, aber nicht ursächlich. In unserem Land wird ab und zu **eine** defekte Tonerkassette als Unfallursache richterlich sogar anerkannt. In Frau Geberlings Copyshop-Leben hat's mehr als 500 defekte Tonerkassetten mit riesigen Schwaden im Laden gegeben. Derartige Willkürurteile haben für die einen Vor- und für andere Nachteile? Da sagt der Examtsrichter Priborius Specht: Richter sind selten manchmal gerecht. Wer kann das schon, zu urteilen so wie Salamon?

All das hat Eure Behörde kaum interessiert. Eure attraktive einmalige Prüf-Besuchstante war wohl zu hastig und massiv einparfümiert. In der unterm Arm getragenen Akte entdeckte **sie erst** die schon eingetragene schwere Duftstoffallergie. Ich glaub, ihr habt manchmal nicht nur ne Meise? So ist halt eure tolle Arbeitsweise? Für die durch eure Mitschuld schwer erkrankten und verstorbenen Toneropfer 0 Unterstützung und Hilfe sondern nur obsolete, absolute Scheiße! Hohe Prämien, wenig oder keine Leistung nennt man das nicht Volksausbeutung? Ihr, die Unfall-Versicherungs-Monopolisten bringt uns Tonerstauberkrankte seit Jahren schon wie auch die Asbestopfer hemmungslos um viele Jahre verfrüht in die teuren hölzern oder tönern Abgangskisten?"

„Herr Kohlhammer, ich habe jetzt keine Zeit und Lust, unser Ablehnungsschreiben minutiös zu kommentieren. Ich habe außerdem ja bereits wohlverdienten Feierabend. Wir haben nun deutlich dargelegt, dass kein technisch einwandfreier Kopierer oder Laserdrucker nach unseren sorgfältigen, umfangreichen, kostspieligen, wissenschaftlichen Untersuchungen fähig ist, Krankheits-Symptome zu erzeugen. Klug und weise auch sehr gewandt sagt nichts andres der allwissende stets innovative sozial fortschrittliche Bitkom-Verband. Suchen Sie die Ursachen ihrer Gesundheitsstörungen anderswo: in ihrer fast stets ungesunden Ernährung, in ihrem fast täglichen arachidon-angereicherten, mengenmäßig nicht kontrollierten Fleisch- und natriumnitrit-haltigem Wurstkonsum (E 250), ihrem anormalen, ständigen Süßwareneinwurf inklusive Bull- und Cola-Trunk im Zweistunden-Takt, im aktiven Qualmen, Mitrauchen, übersteigerten Chemie-Putz, every day im Anti-Trans-Spiratieren dank Aluminiumspray, im Stress bei Frau oder beim Schatz am Arbeitsplatz oder beim unverzichtbaren ständigen Hängen in Kneipen oder an Fernweh-Glotze trotz Grippe oder übler Rotze. Bevor Sie sich jetzt unnötig viel aufregen, machen Sie sich einen schönen Abend mit Ihrer Frau. Das beruhigt ungemein, das weiß ich genau, fördert das Glück und bringt sehr oft auch Gesundheit zurück. Ihre deprimierende grellrote Neurodermitis oder die Psoriasis verlieren dann auch ihren aggressiv juckenden Biss. Wenn aber die Frau nichts taugt - das kommt schon mal vor - gehen Sie auf eigene Kosten ins Bordell, wenn Ihnen die Lust nicht auch schon abhanden gekommen ist. Das wäre frustrierend, das wäre ja Mist. Unsere Behörde zahlt das bisher natürlich noch nicht, es ist auch noch lange nicht in Sicht. Das wär für Sie ja auch nicht schön, weil wir sonst die Prämien wieder heftig stolz erhöhen. Ansonsten haben Sie viele Jahre Zeit, ihre Forderungen über das Sozialgericht einzuklagen. Dafür brauchen Sie ausreichend Kapital, Fitness, Geduld, keinen nervösen Magen, einen ausgepufften Spitzen-anwalt, der noch Zeit, Lust und ausreichend Energie hat, sich in die komplexe Materie einzuarbeiten und überzeugende Schriftsätze zu produzieren, d. h. Intelligenz in Potenz, sowie einen fairen, Ihnen nicht abgeneigten, professionellen, antikriminellen, mutigen Richter. Andernfalls bleiben Sie auf der Strecke, gefangen wie in einer Dornenhecke, bzw. der Prozess überlebt Sie! Beim 0815-Richter fallen Sie urplötzlich immer durch den Trichter. Derartige Opfer, die bereits im Sarge schwitzen oder frieren, können Sie leider nicht mehr kontaktieren. Das muss für Sie jetzt heute reichen. Diesem nun späten, nervigen Gespräch will ich auch jetzt entweichen. Guten Abend, von dem Sie mir noch eine unvergütete Quartalsstunde gestohlen haben. Das ist ja auch nun mal ein spezielles Merkmal von diesen Pseudo-Tonerkranken, an die sich äußerst merkwürdige Geschichten ranken. Gerade die, welche jahrelang erfolglos prozessieren, sind die ersten, die sich zu Tode ruinieren. Das könnte Ihnen auch passieren und geht ganz böse auf die Nieren. Die Opfer werden Sie selbst zum Teil ja kennen, ich darf die Namen ja auch gar nicht nennen. Somit sind Sie bei uns, beim Arzt, beim Richter und überall ein unbedeutend ominöser Einzelfall. Die Beweis-Last für die Krankheit, diese wohl nie endende Sisyphos-Bürde liegt beim Opfer, bisher eine viel zu kostspielige, meines Erachtens unüberwindliche Hürde. Das ist mal meine private Sicht: Ein kranker Schlapper kann das nicht. Wer das ansteuert, ist m. E. rundum bescheuert. Solange Pseudoopfer einzeln prozessieren, werden sie alle sowieso mit Pauken und Trompeten fast stets verlieren und erschöpft nach Hause kriechen dann auf allen Vieren. Drum lasst das Prozessieren sein, dann spart ihr euch viel Ärger ein. Der könnte ja noch schlimmer als ein Tonerstaubsyndrom sein. Iss viel Gemüse, Zwiebeln, Bär- und Knoblauch, Brokkoli, Rettich, Weissdorn, Wacholder, Ingwer, Obst, Salat, sei gelassen und gediegen, lass doch die Copy-Shops links liegen."

Man kann an Geisteskraft immens verlieren durch zu wenig lesen und zu viel kopieren. Man kopiert zur Sicherheit dann alles, wie noch im US- Xerox-Büro von Außenminister Foster Dulles, und braucht ja nur die Hälfte davon, sagt selbst der Student, mein ältester Sohn. Die nutzlosen Seiten wirft man in den Papierkorb rein. Der da steht, ist viel zu klein. Da spart man an der falschen Stelle ein. „Oh welch Pein." Wie kann man nur so kleinlich sein?" Sagt Pein mit weichem B ein Sachse, der am Kopierer bei einer mehr oder minder attraktiven Jung- oder Altsemester-Studentin steht, hat das den Geruch von einem Annäherungsversuch. Ein O-Bein scheint dann schön zu sein. Erotik bei versiffter Luft am Kopierer macht nun beide zum Verlierer." Und später hat mal diese Rose allein durchs O-Bein wohl schon etwas verfrüht Arthrose. Der Toxi-Tonerstaub mit seinem stinkig stechend beissend Mief kommt als übler, heimtückisch wirkender Gesundheits-Vernichter noch dazu als Additiv.

Herr Kohlhammer hatte viele Jahre lang als Angestellter für die Polizeiausbildung in einem fast fensterlosen Minikopierraum täglich bis zu 15000 Kopien anfertigen müssen. Drei Hoch-Leistungskopierer nebelten ihn fast täglich mit Nanotoner-Staubpartikeln (UFP) gen- und zytotoxischer Art ein und warfen ihn zu oft in schwere Krankheit. Zwölf Synthetik-Medikamente mit widerlichen erheblichen Nebenwirkungen musste er lange Zeit einnehmen, um genug Luft zum Atmen zu bekommen. Keine 100 m war er noch imstande zu laufen. Einen gesunden sauberen Arbeitsplatz hatte man ihm verweigert. Man hatte ihn als sog. Dauer-Looser ausgemustert. Man fand keine andere Verwendung. Es wäre doch nur Geldverschwendung. Er fiel doch eh durch häufige Erkrankung ständig aus. Die vielen Infekte, Entzündungen durch den Permanent-Beschuss der gen- und zytotoxischen Nano-Schwermettall-partikel, die Medikamente, speziell die Synthetik-Antibiotika, bei seinen Krankheits-Symptomen eine gravierende Falsch-Medikation, hatten sein Immunsystem totaliter lahmgelegt. Dieses Faktum wurde weder von seinem Arzt, Chef noch von der Unfallversicherung anerkannt. Alle drei sahen irgendwie voraus, dass diese drohende Kostenlawine an Schadensersatzforderungen sie wahrscheinlich finanziell platt machen würde, eine niemals zu akzeptierende Hürde. Darum war deren Motto durch die Bank: „Tonerstaub macht lebenslang niemals einen Menschen krank. Es ist noch keiner je krepiert, der gemäß der Bedienungs-anleitung sauber ordentlich kopiert. Dieser Spruch enthüllt ganz stark schon den üblen Profitgeruch? Es ist ein „starkes" allerdings die Tatsachen auf den Kopf stellendes, wahrheitswidriges Gerücht: Die weltweit vielen Kopierer-Verkäufer, Kopiermaschinentechniker und Copyshop-Angestellten und -Operateure, die nach jahrelangem Toxi-Staub-Lungen-Beschuss elendiglich an den Endkrankheiten COPD, Parkinson und Krebs, Schlaganfall, Herzinfarkt etc. nachweislich erkrankten und krepierten, kannten ihre Bedienungsanleitungen dann wohl noch nicht? Kohlhammer, der schwer gepeinigte Tonerstaubspezialist, vermutet: „Vielleicht sind genannte obige geistig nicht so ganz auf der Höh? Ich kenn den ekligen Geruch. Es ist der pure Angst-Schweiß vor dem stets so befürchteten immens teuren Schadensersatz-Verhinderungs-Dammbruch. Chester Carlson, der sog. Xerox-Erfinder und Begründer wurde vom Schlaganfall tödlich getroffen. Der viele Jahre fast permanent eingeatmete Toxi-Tonerstaub verursachte hie die Hypertonie. Ihr Lieben, für die Toner-Stauballianz ist wohl die Ursache für sein plötzliches Ableben, dass er damals keine professionelle Bedienungs-Anleitung geschrieben? Dann steht der ausgebildete Kopiertechniker Herr Samuel Geberling noch auf der Matte. Wurde er an Bluthochdruck chronisch krank, da er in Vierjahrzehnten keine Bedienungsanleitungen gelesen und verstanden hatte? Bestechende, berechnende Logik nach Tragik, aber doch nur auf den ersten Blick. Conrad Röntgen, Madame Curie fügen sie nun noch als Beispiel an. Sie starben als Strahle-Frau und Strahle-Mann und der Fortschritt ging voran. Unter jeder Schwelle liegt ein toter Mann bei der Transsibirischen Eisenbahn. Bei der Silikose im Bergbau und Asbestose im Bau, da war's nicht viel anders, das weiß man genau. Und die Bundeskanzlerin als Physikerin ist bestimmt in der Technikgeschichte völlig drin? „ Fortschritt stets mit frischer Kruste gibt es nicht ohne Verluste! Auch dieses Los ist alternativlos." Bei dem gering angewandten Wortschatz von Konrad Adenauer hat man fast alles noch verstanden und wurde wahrscheinlich auch schlauer. Effektiv durch Macchiavell verändert man oder sie in seinem oder ihrem Sinne die Realitäten schnell. Konkurrenten verlieren dann den Mut und werden lahme Enten. Katharina die Große ließ ihren Gottorp-Peter-Ehemann noch süß vergiften. Das braucht man heute wohl nicht mehr.

Die schwachen Konkurrenten gehen von selber stiften. So finden viele Politiktalente in der „maroden" Wirtschaft dann ihr Ende?

Der Unterschied zu Niccolo's Fürsten: Sie braucht wie der Molch Geschicklichkeit aber keinen Meucheldolch. Sie muss nur an den richtigen Stellen minimal bürsten. Alles ging bestens von der Hand mit Würde und Verstand und mit Verlaub ganz unbehelligt und unbeeinflusst von dem Toxi-Tonerstaub. Sie als Schwarze Witwe zu bezeichnen, ist nicht korrekt, denn man kann, wie der Präsident Putin wohl denkt und vielleicht auch sagt, die weich gefallenen Opfer auch am Telefon ja noch erreichen. Gertrud Höhlers Begriff „Politische Heuschrecke" trifft auf Sicht wohl auch nicht. Heuschrecken attackieren in Schwärmen. Für solche Kampfestechnik konnte sich unsre Kanzlerin doch noch nie erwärmen. Politische Gegner vertrieb sie echt noch immer recht fair im Einzel-Gefecht. Sie hat den Macchiavell erfolgreich überdacht und auf den neusten Stand gebracht. Die Macchiavelli-Fans Friedrich der Große, Mazarin, Richlieu und von Anhalt-Bevern Katharina hätten nicht getobt sondern sie nur hochgelobt. Sie hätten sie nicht getadelt sondern umgehend geadelt. Reicht allerdings diese milde Methode nicht mehr aus, dann wird sie top und schickt ihre perikulosen zu machtgeilen Gegner zum Sechs-Monate-Praktikum in einen stets stark frequentierten nano-partikel-versifften ugs. brummenden Mega-Toxi-Copyshop mit entsprechenden üblen Toxi-Nano-Schwer-Metall-Partikel-Dreckschleudern aus mindestens drei Kopierer-Generationen natürlich ohne Original-Tonergarantie? Der war und ist halt zu teuer. Darum kauft man den fast nie. Sie hat vielleicht auf der speziellen Website von

Nanocontrol gelesen: Die sind bald wohl hin. So schnell wird da keiner mehr noch **signifikant** genesen. Hilfe kriegt sie schnell vom Umweltbundesamt oder von VG-Wort. Die kennen inzwischen den dreckigsten Copyshop-Tatort. Wo kommen die meisten Gebühren rein, da wird mit Sicherheit das schmutzigste Tonerstaubgiftloch sein? Das ist wirksam und auch nano-partikelfein. Wollen nicht fast alle Bürger sachbezogen gelenkt demokratisch sein? Vielleicht kommt man dann nicht zu klein ins Geschichtsbuch auch bei August Winkler endlich rein?

In der Weltgeschichte West muss alles würdevoll und sauber sein. Es gehören in den bildungsreichen welthistorischen Handbuch-Text doch keine nun mal „notwendigen Kollatoral-Schäden" wie Asbest- oder auch Tonerstaubopfer rein. Vielleicht gibt sich der Professor auch einen kleinen Ruck. Wir machen es dann nicht im Laser- sondern nochmals im Offsetdruck. Ich denk, man kann es gut so lenken. Wenn der junge beliebte damals noch sehr zukunftsträchtige Gutenberg schon von der Promotionsstange gefallen ist, müssen wir doch wenigstens Johannes Gutenberg gedenken. Plagiate machte der ja auch im Kittel, allerdings immer gesetzestreu noch ohne Doktortitel. Urheberrecht gab's damals nicht, auch gar nicht schlecht. Viele Autoren kamen durch umgehende Billigraubdrucke finanziell dann ja gar nicht mehr zu recht. Da gab's noch kein Gesundheitsraub durch heimtückisch giftigen Toner-Staub. Antimon, Zinn und Blei etc. gingen an seiner Gesundheit auch nicht spurlos vorbei. Durch den jahrhundertelang angewandten „alternativlosen Bleisatz" vor der großen Lichtsatzwende gingen bereits damals viele Leben viel zu früh zu Ende. Allerdings wo wär die Reformation ohne Druckerpresse, Blei, Zinn und Antimon? Ohne Xerox und andere Kopierer gäb's mehr Gesundheit aber auch massenhaft Verlierer. Es meinte der Nachbar Dr. Edelbert Veit: Examina und Plagiate bräuchten dann mehr Zeit und gewännen dann an Gründlichkeit. Manche erhofften sich dann schon handdekorierte Mönchsqualität-Illumination. Und wer genügend Kohle hat und lieber schreiben lässt, muss unter solchen Wettern einfach mehr hinblättern. Viele zahlen dann für eine gute Note eine Anstands-Extraquote. Viele Ghostwriter waren in den vielen Jahresrunden im Copyshop weitaus die besten Kunden und hatten auf Jahre hin, riesige, üppige Auftragspolster. Das waren geübte, starke Professionalisten, selbst ohne Examen und Doktorhut, und fuhren nicht gerade nur alte unscheinbare billige Kisten. Sie waren und lebten besser als so mancher Pauker oder Instituts-Professor. Die waren allerdings nicht nur vielleicht ständig mehr oder weniger tonerstaubverseucht. Die hartverdiente Kohle war ein schlechter Lohn, bei massivem Gesundheitsverlust ein wahrer Hohn. Doch dieser Gedanke ist heute Illusion und gehört längst schon in die Vergangenheit. Die gewollte Impotenz liegt darin, sagt Frau Kohner, dass die Tonerstauballianz will bisher fast ausnahmslos keinen Gesundheitsfilter und auch noch keinen schadstofffreien Toner. Ist doch klar, flüstert der Moderator Adolf Beinert, der Profit wird dann wohl merkelich verkleinert. All dies Wissen hab ich, Heinrich Kohlhammer, mir für den beinharten Überlebenskampf gegen die Tonerstauballianz angelesen, erarbeitet und ist gespeichert im toxi-schwermettall-nano-partikel-haltigen Kopf jetzt auf diesem verschwitzten Kissen. Wer dieses Übel verharmlost, ist bereits moralisch-geistig verwahrlost! „Nach der Göttlichen Komödie von Dante und dem weltberühmten Bild von Botticelli", sagt Friedhelm Elli, „kamen böse arglistige Verführer zusammen mit Kupplern, Schmeichlern und Huren nicht in erholsame Kuren sondern wie nicht nur jeder noch humanistisch Gebildete weiß, in der Hölle achten Kreis. Das wünsch ich ihnen nicht, aber Feuer unterm Hintern, möglichst heiß!"

Im Umwelt-Bundesamt, das glaubt man kaum, sind die „ungefährlichen" Kopierer-Maschinen oder Laserdrucker auf dem abgelegenen Flur oder in einem ausreichend belüfteten, separaten Raum. Fielen nämlich diese Tonerspezialisten wegen Tonerstaub-Krankheit zu oft aus, gingen weniger unseriöse Tonerstaubverharmlosungsberichte an die Öffentlichkeit heraus. Es arbeiten wohl bessere Menschen hier auf Erden, die müssen halt älter als das Normalvolk werden? Diese Bedienungs-Anleitungen der Geräte sind in der Regel mangelhaft, unverständlich grottenschlecht, sagt selbst Herr Specht. Und er hat recht. Als Biologe und als Germanist schimpft er oft, weil dem so ist: „ Damit kommt doch noch keiner klar. Das ist doch Mist." Was für die Allianz der Tonerstaubgefahren-Leugner jetzt noch übrig blieb, war ihr Selbsterhaltungstrieb. Ihr Überleben war ihnen lieb. Daher fallen nicht nur Tonerkranke immer durch das Schadensersatz-Sieb. Sieht das anders mal ein Arzt, wird er irgendwann verharzt. Drum kuschen dann die meisten. Sie können sich keinen sozialen Abstieg leisten. Viele verlieren dann wohl ihren Bau, eventuell dann noch die mehr oder kaum geliebte Frau? Keiner weiß es vorher ganz genau. Ein junger Arzt aus

Graz sprang wohl aus Frust darüber in die Drau oder nach missglück-
ter Toner-Entwöhnungskur in die Mur. Danach schob der Praxisnach-
folger die Kopierer vom Behandlungs-Zimmer auf den fernen Mini-
Flur. Damit verschonte er ganz fürsorglich die Patienten nur. Er und
seine Angestellten leiden weiter und werden sich zunächst zusätzlich
nicht nur erkälten, echte Helden! Für die Gefahren noch ganz taub genießen sie später Dauer-Krankheits-Dauerurlaub. Wenn sie dann nicht
nur ständig pennen, können sie vielleicht erkennen, dass speziell der
Tonerstaub verursachte den Gesundheitsraub. Und mit der Zeit steht
auch Burnout oft schon dann potzblitz bereit. Dann hat man endlich
für sich selber Zeit, zum Sofort-Abgang oder mühsamen Neuanfang!
Über diesen üblen Leidensdreck schaut die Politik bewusst stets weg.
Beim irdischen Erzengel sind's vielleicht die Augen, die nichts mehr
taugen oder noch mehr, fragte mich bereits Karl Baer. Dieser Mann war
intelligent und auch echt noch kein bisschen dement. Er entsorgte seinen Laserprinter bewusst im letzten Leidens-Winter. Das Tonerstaub-
symptom: Atemlos durch die Nacht hätte ihn fast umgebracht. Diese
Berauschungs-Melodie passt auch als Abgangs-Elegie? Mensch Meier,
das ist doch besser als ne 0815-Trauerfeier, stets nur diese alte Leier.
Da spielt der Organist Joseph Klatt gar von einem Toxi-Lasertonerblatt.
Auch die Sing-Sang Freunde in unserem Land haben solchen Schmutz
zu oft in ihrer Hand. Die Toner-Nanopartikel haben es sich halt auser-
koren, sie kommen unter die Haut stets gern und sicher unverfroren
durch die Poren." In der Blutbahn angekommen, aggressiv und gar
nicht zahm, legen dann die entstehenden Entzündungen all die Mito-

chondrien lahm. Nicht ein einzig kluges Opfer hat dann noch echte Sympathie für die Mitochondriopathie. Kein Minister denkt dann laut: Der Tonerstaub bringt den Burnout." Frau von der Leinen als Arbeitsministerin hatte sich tagsüber oder in der Nacht wenigstens mal Gedanken über die Häufigkeit von Burnout gemacht. Allerdings war hier der Tonerstaub nicht im Visier, obgleich sie vielleicht an jedem Tag an so einem Dreckschleuderding vorbeiging und selbst ja was einfing? Das ein oder andere Mal merkt man nicht. Der Krug geht so lange zum Brunnen, bis er bricht. „Man schont vorsorglich auch seine tonerstaubemissionsgefährdete hormonsteuernde Hypophyse durch eine jährliche Haaranalyse", räuspert sich auch stets der Herr Doktor Heimo Wiese.

In diesem die Gesundheit gefährdenden Metier hört man nichts vom Gesundheitsminister Germanicus Kuraparvhöhe Was macht er denn? Fängt er vielleicht Flöhe? Wenn er das kann, wäre er für den Zirkus Corona der richtige Mann, natürlich dergestalt mit einem „etwas abgespecktem Gehalt" Wenn er mal einen gefangen hat, war das für Deutschland eine gute, edle Tat. Es wär ein Hit: Verdient hätte er dann den deutschen Nachhaltigkeitspreis oder den Orden Pour la merite! Vielleicht springen dann die Flöhe nicht mehr in solche Höhe aber in Ruhe in seine ausgezogenen noch halbwegs warmen Schuhe. Vielleicht gehört das heikle Thema Tonerstaubgefahr ja eh nicht in sein Sanitas-Metier?"

Nach diesem Verzweiflungstelefonat stieg Zorn und Wut in Heinrich Kohlhammer auf. Sein ehemaliger Arbeitgeber hatte ihm tatsächlich geraten: „Du musst den Toner, der laut UBA, Bitkom u.a. Tonerproduzenten keine Gefahr für die Gesundheit darstellt, nur nicht löffelweise fressen. So halten wir's zurzeit in Hessen." „Vielleicht sollte dieser inhumane im Marken-Sessel klebende aufgeblasene Pfau namens Mühsam wenigstens das Toneraroma einmal ausgiebig kosten. Dann werden ihm derartige Luxus-Wellness-Bordell-Empfehlungen nicht mehr in seine Gehirnzellen einfließen. Und solche unsozialen eingebildeten Behörden-Pansophisten (Alles- und Besserwisser) leben von unseren Steuer-Geldern ähnlich wie so manche Politiker wie die Fett-Maden im Speck. Da hat der Staat ein böses Leck. Durch ihr Leugnen und Verharmlosen des Tonerstaubgefahren tragen sie nicht nur Schuld für die bisher unzähligen durch Tonerstaub Erkrankten und Toten sondern auch für die heute noch Gesunden, die in Zukunft wohl noch schwer erkranken werden bei immerhin wohl ca. 15 Mio. täglichen BRD-Laser-Drucker-Arbeitsplätzen nur auf deutschen Erden!

Dieser gefährliche Affentanz, sagt mein Duzfreund Raimond Franz, gehört voll und ganz in die Nachtsendung von Markus Josef Lanz. Ist die Diskussion da noch zu lahm oder zu still, gibt's noch die Steigerungsmöglichkeit bei Anne Will. Bei Günther Jauch ginge es ja auch, aber nicht sonntags, da ist zu wenig Klarheit, zu viel Rauch, es ginge eventuell beim Millionenspiel von RTL. Danach ist wohl bei jedem hellem Tropf die Tonerproblematik in seinem Kopf. Bei Frau Maischberger in der Nacht, sagt mein Sohn, werd ich nicht nur um Verstand und Schlaf gebracht. Mir fehlt bald dann schon die notwendige Konzentration. Die Kiste macht er aus, unwirsch, nicht mehr heiter: Macht doch gefälligst alleine weiter. Mein Wissen wird hier nicht grad breiter und bringt mich nicht eine Sprosse höher auf meiner Karriereleiter. Frau Maybrit Illner ist da auch noch mit im Lauf, aber die Thematik Feinstaub- und Tonerstaubgefahren hatte sie meines Wissens auch noch nie drauf? Lädt Sie Tonerstaubopfer und Verursacher dann mal ein kommen letztere letztere erst gar nicht, das könnte wohl sein?

Während Staat und Industrie vom Toner-Geschäft profitieren, werden viele Nutzer ihre Gesundheit ohne Schadensersatz verlieren. Ihre fiese Devise: „Profit hat nun mal - da beißt keine Maus den Faden - seinen mini-kollatoralen Schaden! Bei Schadensersatz-Leistungen bricht der Profit ein, das darf nicht sein, fügt wohl auch die Bundeskanzlerin öfter mal so ein? Wir wollen eine Leistungs-Gesellschaft sein. Ihr trinkt dann viel Wasser, wir den Wein. Wie könnte es denn bei einer Elite jemals anders sein? Schließlich steht schon in der Bibel: Im Schweiße Deines Angesichts sollst Du Dein täglich Brot verdienen. Seid so fleißig wie die Bienen. Darum ist ganz penibel eine Kopie davon in jeder Schülerfibel. Vielleicht sagt auch die Kanzlerin: „ Brot allein, das kann es doch nicht sein. Ich tauch es immer in die Kartoffelsuppe inklusive meiner Würzwurst ein oder in die Dose mit der Rouladen-Sauce."

Wer das nun als Kranker nicht mehr kann, wird geächtet, geknechtet und ist dann übel dran. Wer krank am tonerverseuchten Arbeitsplatz zu häufig über Schmerzen klagt, ist an diesem Ort nicht mehr gefragt. Er siecht dahin, verkommt und verreckt am unteren Rand der noch christlich humanen Gesellschaft, gesellschaftlich total verbannt, das ist wohl allgemein bekannt und das ohne gezapftes Bier trotz Harz IV. Kohlhammer hat ebenso wie Guido, Herr Putin und auch Exkanzler Kohl anscheinend die Schnauze so gestrichen voll von dieser arg degenerierten nur am Kapital interessierten, verweichlichten Gesellschaft, kaum mehr Werte, fast alles hohl, alles ähnlich oder gleich wie im späten Römerreich. Dafür schlugen ihnen schon damals bereits die Vandalen und die West- und Ostgoten hefig wuchtig auf die Pfoten und das ohne Pietät, denn zur Rettung war es eh zu spät. Diese Einschätzung ist ok, meint selbst every day der Berlin-Agent von NSA. Kohlhammers Idol war Iring Fetcher mit seinem klaren Statement: „ Wir brauchen kein Wachstum um jeden Preis, sondern bessere Lebensbedingungen für den Menschen." Vor allem saubere, gesunde Luft am Arbeitsplatz mit umweltfreundlichen Druckern und Kopierern. „Arrogante Monopol-Unfall-Versicherer mit Leistungsdefizit-Ambitionen dank mit-verschuldeter Tonerstaub-Vergiftung sollte man einsparen. Das könnte dem Land ein beachtliches Stück Menschlichkeit zurückgeben. Dann könnten viele Kranke besser, länger leben. Hätte ich, Henricus Kohlhammer, dort etwas zu sagen, würde keiner mehr über diese Unfallversicherung klagen. Die Krankenkassen mit den teuren Wasserköpfen kann man wie im kalten Skandinavien auch einfach wegschröpfen. Man weiß, dass es bestens funktioniert, da steuerfinanziert. Das Wegfallen von ungerechtfertigten Hochpensionen könnte die jüngeren Generationen erheblich schonen. Bescheidenheit war eine Zier, zu oft ersetzt wurde sie durch pure pseudoliberale Gier. Unseren bescheidenen Ahnen folgten wohl nur Egomanen? In diesem Leben wird es bei solchen Leuten Null-Unterstützung für Tonerkranke geben. Wer drauf hofft, der liegt daneben, sagte selbst der Griechen Seher Teresias schon in Theben. Schon Friedrich II, fällt mir ein jetzt eben, sprach zu seinen Soldaten. Hunde wollt ihr ewig leben? So starb aufrecht im Gefecht damals der Dragoner Erich Lohner. Damals gab's schon Druckerfarbe und Tinte, aber noch keinen TOXI-Toner. Durch ständige Nutzung von Bleigeschirr wurde so mancher krank und geistig wirr. Mit solchem Geschirr - Historiker glauben das echt - warfen die Briten Napoleon endgültig aus dem Gefecht, angeblich präzise nachgewiesen durch diverse Haaranalysen, heute auch eine unverzichtbare Methodik zum Zweck der Auffindung von Schwermettall-Nanopartikel-Tonerdreck. Der Fündige raunt, weil er so übel gelaunt staunt. Hier zeigen sich die toxischen Schwermetall-Partikelspuren, die das Umweltbundesamt tunlichst vermeidet, selbst zu messen. Kobalt, Kadmium, Quecksilber, Blei, Zinn, Aluminium und Nickel verursachen nicht nur harmlose Pickel. Bei diesem regelmäßig inhaliertem Nano-Toxidreck steht später mal als Lohn zu oft COPD, Krebs, Hautverätzungen, Bluthochdruck, Schlaganfall, Demenz und auch Parkinson. O. g. tonerstaubgeschädigte Frau Geberling nannte solch eine betroffene Kopiertechniker-Werkstatt vor dem Landes-Sozialgericht. Solche schwerwiegenden Fakten interessierten halt den zuständigen ehrenwerten Richter nicht? Vielleicht ist dieser Mann realpolitisch ja geerdet, da ja sonst sein Weiterkommen ist gefährdet? Deshalb ließ er totaliter unbeeindruckt stur frivol unbesehen diese gesundheitsgefährdenden Laserdrucker im Gerichtsverhandlungs-Zimmer weiter stehen! Er zeigte sich so halt bloß rigoros gewissenloß?

Die Kanzlerin-Aktion: Wie wollen wir in Deutschland leben? geht auch bei Tonerstaubopfern im Ansatz schon daneben. Verleugnen, Ausgrenzen in der Not wie bei der wohl lange absichtlich staatlich verkannten Asbestose, bei solcher kalten Blockadehaltung sind sie, die Opfer, halt viel früher tot. Mein Papagei, das süße Täuble, sagt: schlecht fürs Opfer ein Plusgenuss für Schäuble? Tausende Asbest-Tote mal Euro X ist halt einsparender als nix. Geld für Erhöhung der Diäten ist halt ständig vonnöten, nicht nur in Sachsen, wo die schönsten Mädchen wachsen. Generös, scelerös, scelestös, alles total unseriös.? In der unauffällig gelenkten Demokratie wird eben anscheinend zu oft gelinkt, auch gern mal gezinkt, selbst dann noch, wenn es weithin übel stinkt. Nach außen will man als Gutmensch erscheinen; es ist zum Weinen! Doch schert und juckt es keinen. Das waren alle Gymnasiasten? Hatten die nicht mehr im Kasten? Hatte die überstrahlte Handy-Generation schon eine geistige Abwärts-Mutation?" Sind solche noch normal oder Vollidioten, die stets im Bus, auf dem Schiff und in der Bahn haben stets ein abstrahlendes Handy in ihren sauberen Händen oder ungewaschenen Pfoten; die denken nur ganz schmal und schal: Die Gesundheit meines Sitznachbarn ist mir scheißegal? So schnell kommt ja ein Gehirntumor doch auch nicht vor? Ich hab stets recht und bin kein Tor. **Hybris, Überheblichkeit,** wird in unsrem Land solches Denken noch genannt? Steckt man das Handy in die Hosentasche zum Schlüsselbund, erspart man sich schon bei ca. 800-facher Strahlungs-Steigerung die weitere Kinderplanung und die Kastration. Bei Tumorüberprüfung im MRT sollte man auf nieren-, leber- und gehirnnoxes **gadolinium-haltiges**

Kontrastmittel verzichten, sonst würde sich doch die Dummheit noch extrem verdichten! Gadolinium war bei Irgun Lohner in ihrer Lunge durch den fast täglich erzwungen inhalierten Arbeitsplatz-Toner!

Kohlhammers Frau Adolphine-Dorothea hatte inzwischen die Sportschau eingeschaltet, um die nie endenden düsteren Tonerstaubgedanken und -Diskussionen wenigstens mal für diesen Abend aus dem Wohnzimmer zu vertreiben. Ausgiebig gelüftet mit deutlich grenzüberschreitender 70 Mikrogramm Feinstaubpartikel pro m³ hochanteiliger Verkehrsabgasluft hatte sie bereits schon vorher. Kohlhammer war hundemüde, konnte partout nicht einschlafen, da seine Zirbeldrüse sich hartnäckig weigerte, ausreichend Melatonin zu produzieren. Das Feindbild Mühsam, kaum anvisiert, hatte dies vollständig blockiert. Nach Stunden unruhigen stets quietschenden Bettwälzens schlief er endlich erschöpft, ermattet ein. Im Traum sah er sich wieder im stillosen, unfreundlichen Arbeitszimmer von Mühsam mit einem recht ansehnlich voluminösem Beutel schwarzen an Giftstoffen reichhaltigen Tonerstaubs in seiner rechten Hand, den er diesem engherzigen, eingebildeten Beamten mehrfach ins Gesicht, in die spärlichen grau-weiß silbrigen Haare schleuderte. Mit kohlebasiertem Filter-Mundschutz hielt er von sich selbst ab den Krankmacher-Tonerstaubschmutz. In diesem speziellen Falle wohl berechtigter Eigennutz? Das Weichei, das jammert und wimmert hat natürlich den Ablauf nicht vereinfacht sondern verlängert und verschlimmert. Den Rest kippte er in das weiße weit aufgeknöpfte bügelfreie Hemd. Das Gemisch aus Blei, Kobalt, Quecksilber, Zinn und Nickel überwölbte selbst auf der Nas den widerlich erbsengroßen Eiter-Pickel. Die wenigstens von vorn noch d. h. fast noch schneeweiße Spießer-Unterhose wurde keineswegs nur minimal verschont. Kohlhammers Akribie hatte sich ja damit schon gelohnt. Er weiß es nicht so ganz genau, ob ihn auf Anhieb noch erkennt zuhause seine Frau?

Der Tonerstaubschleier, der sich über dem Schreibtisch gebildet hatte, verzierte nun die vorher helle Kiefertischplatte mit einem feinschwarzen Überzug, der einen Anflug von schwarzer, bitterer, aber immerhin wenigstens halbwegs gesunder Schokolade hatte. Wenn ich nicht total im Irrtum bin, ist dann ja auch oft Kadmium drin. Der Kakaostrauch wächst nicht so gern auf öden, viel ertragreicher allerdings auf äußerst fruchtbaren Lavaböden. Im genüsslichen staatlich besteuerten Zigarettenrauch genießt Du das Kadmium natürlich auch.

Dass dieser Toner zunächst schon ein grässliches Geschmackserlebnis war, hatte wohl Mühsam nun ausgiebig, unfreiwillig wehrlos gekostet. „Haben Sie keine Angst. Wie Ihr schräges Ablehnungsschreiben verdeutlicht, ist Tonerstaub, verschossen nur so spärlich, völlig, ja real total ganz ungefährlich. Den ganzen Tonerdreck kriegen Sie vielleicht ja schon nach 5X Duschen und 4X Haare-Waschen noch weitestgehend weg. Hätte ich, wie ich es erst vorhatte, getrockneten Edelgeruch verbreitenden Kuhdüngerstaub genommen, wäre Ihnen nicht nur eine volle Tages-Körper-Wäsche zuteil geworden, eine Wendung hin zur kostspieligen, umweltfeindlichen Wasser-Verschwendung. Das so unvergleichliche, unvergessliche Geschmacks-Erlebnis wäre Ihnen garantiert noch 3-4 Tage erhalten geblieben. Dann wäre Ihnen aber unklar gewesen, warum sie diese Tortur durchleiden müssen. Drum durften Sie nur Toner küssen. Tja, wenn Sie sich dann noch mit Elan einparfümieren, umweltfreundlich ohne Aluminium, können Sie den von Ihnen ja so geschätzten Bordellbesuch heute selbst noch vornehmen. Das bringt vielleicht doch noch etwas heitere blutdruckanhebende Abwechslung in Ihr vorwiegend eintöniges, ödes Beamten-Dasein? Ja außerdem, die Brunft steht bei Ihnen wohl auch über der Vernunft? Hoffentlich verschlafen Sie nicht im Amt fast gänzlich so ihr Leben, das Handy am Ohr und den Laserdrucker oder Kopierer stets daneben. Verwegen, man oft vergisst, dass moderne Technik nicht immer Segen sondern auch oft ein Scheusal ist.

Wissen Sie eigentlich, lieber Herr Mühsam, woran man es merkt, dass es beim Akt manchmal wider Erwarten deutlich hörbar knirscht und knackt? In einem Partner muss wohl ja irgendwo noch Resttonerstaub stecken! Da hilft auch kein Wackeln, Schütteln, Recken oder Lecken. Dieser superfeine Dreck ist stets erst nach dem Urlaub weg." Kohlhammer fühlte sich befreit und wohl, obgleich die Vorbereitung und Ausführung des Mühsamprojektes auch ungemein mühsam waren. Er hatte doch noch nie die notwendige Drecksarbeit gescheut wie so viele Duckmäuser und so andere gewisse gesellschaftsabgehobene Edelmarken-Nadelstreifen-Anzugsträger heut. Kein bisschen jetzt hat's mich gereut. Justitia hat sich wohl auch gefreut. Die halbblinde, auf einem Auge eine Binde, sagt ganz leise: Hoffentlich kommen wir auf diese Weise mal glimpflich aus der Tonerstaub-Miseren-Scheiße? Gute Reise! Das wünschen wohl auch die BG-Humanisten den Asbestose-Kranken auf dem sicheren Weg in ihre Kisten? Nichts oder negativ entscheiden, Schadensersatz vermeiden, Nase heben, Köpfchen senken, immer an die Kosten denken?

Viele Jurastudenten sind wohl die dreisten, im Denken am faulsten aber sie kopieren am meisten. Sie wollen keine Zeit verlieren. Drum steht das Kopieren noch vorm Kapieren, wo sie nur in die tonerstaubangereicherte Luft, UFP=Ultrafeinpartikel, oder auf die Dreckschleuder direkt hin stieren, um die toxischen Nanostaubpartikel möglichst schnell zu inhalieren, vielleicht in der Hand noch ne Banane, den Schönfelder oder auch ein Eis mit Sahne? Die tolle Mixtur schreit wohl bald ja nach einer Kur? Manche sind auch dann noch so naiv und dumm und wissen dann überhaupt noch nicht, wenn die Leidensphase kommt, warum. Bei diesem Mief noch so naiv?"

Kohlhammer wachte auf. Es war höchste Zeit, seine Blase zu entleeren. Er konnte sich jetzt an seinen Traum erinnern, der ihm aber keine ernsthafte Befriedigung gebracht hatte, da der abgehobene überhebliche Belehrungsbeamte real ja bisher ungestraft davon gekommen war. Er überlegte angespannt: „Wenn ich diesen Mühsam ein- bis vollstaube und ihn noch voll zufrieden wie ein Kunst-Denkmal bestaune, bis die Polizeikohorte eintrifft, was passiert dann? Anklage wegen Hausfriedensbruchs, Sachbeschädigung, Persönlichkeits-Beleidigung, geringer Körper-Verletzung, groben Unfugs etc.? Interessiert sich hoffentlich die meist industriefreundliche Presselandschaft, die deren oft teure Produkt-Werbeanzeigen nicht missen möchte. Giftpulveranschlag, Toxi-Tonerstaub-Vergiftungs-Anschlag auf Bundesbeamten oder persönlicher Rachefeldzug wegen Ablehnung eines Berufsunfähigkeitsantrags? Die Staatsanwaltschaft müsste ja auch die Konsistenz dieses ominösen schwarzen Pulverstaubs labormäßig untersuchen. Wenn dann Staatsanwaltschaft, Politik, Kopierer- und Toner-Hersteller allerdings erkennen, dass diese umfangreichen Ermittlungen, wenn sie korrekt durchgeführt werden, dazu führen, dass nicht ich, Kohlhammer, der kleine Wüterich gegen die von Arbeitgeber, Unfallversicherungen, Politik und Toner-herstellern inszenierte langjährige Tonerpulververgiftung der so selbst-süchtig üble Bösewicht in unserer Gesellschaft bin, sondern dass diese vorgenannten Institutionen jeden Tag leichtfertig, fahrlässig Millionen von Angestellten und Arbeitern mit den Nano-Schwer-Metall-Partikeln gen- und zytotoxischer Art aus überdimensionierter Profitsucht be-schießen, per Ventilator noch wärmstens beföhnen und langfristig sehr schwer erkranken lassen, würden sie vielleicht handeln, rennen und nicht mehr so pennen. Das Eingeständnis ihrer Urheberschaft der üblen Tonerstaubleiden würde dann wohl zu teuer für diese edle Toner-Staubverleugnungs-Koalition werden. Die für Vergangenheit bis zur Gegenwart fälligen Schadens-Ersatzleistungen würden riesige Löcher in den Staatshaushalt und in die Firmenkapital-Reserven reißen. Ein solches Präzedenzurteil hätte revolutionäre Auswirkungen. Der Kanzle-rin würde dann partout ihre vitamin- und nährstoffreiche Kartoffelsup-pe oder Kohl-Roulade nicht mehr schmecken. Kein Gewürz- bzw. Pfef-fermangel, eher tonergeschädigter Geschmacksnerv, d. h. sogar womöglich Zink-Raub durch schmutzig TOXI-Schwermetallnanopartikel-Tonerstaub? Man wird ja auch angeschmiert, wenn man dann nach Feierabend noch selbst im Kanzleramt mutig mundschutzlos kopiert. Die Konzentration, die sie stets braucht, ist dann im Nu verraucht. Zum Glück ist ihr Bau im Gegensatz zum DDR-Asbestpalast, das weiß man ja doch wohl genau, zweifelsfrei asbestfrei?

Und die DDR-Elitesiedlung Wandlitz hatte vielleicht ja auch Asbest unter dem Antlitz? Da fragt Frau Hecker: War der Boss, Herr Honecker, nicht auch mal Dachdecker? Seine Karriere war dann ganz schnell beendet, obgleich er und Walter beim Mauerbau doch wohl mal kein Asbest verwendet? Importierte, moderne Toxi-Kopierer aus der Richtung West standen auch im DDR-Palast aus Asbest. Da staunte selbst Frau Holle: Für die Tonerstaubkopier-Techniker gab's an der innerdeutschen DDR-Staats-Grenze kaum mal eine lange intensive Auto-Kontrolle.

Der ein oder andere BRD-Minister könnte nervös bis inkontinent, ja pinkel-binden-abhängig werden, speziell wenn sie erkennen, dass sie den renommierten Blauen-Engel-Nachhaltigkeit-Preis an einen Laserdrucker-Hersteller verliehen haben, der in der Vergangenheit zu häufig wegen toxischer Nano-Schwermetall-Partikel ausstoßenden Laserprintern bei Polizei-Behörden, in Justiz-Gebäuden etc. ins massive Kreuzfeuer der Kritik geraten war. Wahrlich, eine Tollhaus-Jury. Sie haben dafür durchaus das Bundes-Verdienstkreuz für Pseudo-Professionalität verdient. Ich werd ja verrückt. Fünf verdiente Umweltminister der

Gro-Ko haben diese Märchenstunde auch noch abgenickt? Und eine Frau Zendricks machte kürzlich artig dazu noch einen Knicks. Auch der Richter könnte schnell erkennen, dass er zwischen Skylla und Charybdis segeln müsste, dass ihm nur die Wahl zwischen Pest und Cholera bleibt. Würde er Milde walten lassen, würde man ihn trotzdem hassen und würden bald fast alle unzufriedenen, aufgewühlten Tonerkranken sich bald aufmachen, den Ihnen verhassten Behörden-Mitarbeiter, dessen Unterschrift sauber deutlich akkurat unter dem besagten üblichen Ablehnungs-Bescheid steht, jeweils kurz vor dem Sprung ins Wohlfühl-Wochenende großzügig mit Toxi-Tonerstaub zu überpulvern, wenigstens einmal so richtig zum genüsslichen Spaßersatz für die widerlichen leidvollen Tonervergiftung-Erkrankung-Leidens-Jahre inklusive Facharztspießrutenlaufen und Behördenhatz. Diese Sache wäre heilende Pädagogik, keine Rache, nicht etwa wie das üble Rache-Dings beim Euro-Wings! Im anderen Falle mit Attentats-Bewertung würde er unwillkürlich ein Präzedenzurteil kreieren, das dem Staat, der Unfallversicherung und großen Teilen der Drucker- und Tonerindustrie finanzpolitisch schwere Kopfschmerzen bereiten würde. Die berechtigten Schadensersatz-Forderungen gegen die Urheber und Dulder der Tonerstaubmisere würden sich bei Gericht regelrecht stapeln. Jede toxische Toner-Exposition der Unfall-Versicherung BG muss dann wohl hier auf Erden auch strafgesetzlich geahndet werden. Sie verüben zu oft das gleiche böse Delikt bei vielen, d. h. bei fast allen Antragstellern, was ich, der Henricus Kohlhammer, zurzeit mit Sorgfalt nur bei einem einzelnen Schreibtisch-Täter zum Wohle des Staates vornehme. Steuern erhält man fast nur von Gesunden. Das hilft dem Staat, der BG und den Kranken über die Runden. Den Bürger weiterhin vergiften wird nichts als Hass, Wut und Unheil stiften. Des Kolumbus Ei: Macht den Toner schadstofffrei. Macht es so wie Herr Bodo Dinter. Der hat seinen Laserdrucker verschrottet und druckt und kopiert nun schon den ganzen Winter mit dem die Gesundheit kaum gefährdenden Tintenstrahlprinter." „Dabei ist noch ungeklärt, welche Auswirkungen die Lösungsmittel und Azo-Farbstoffe der verschiedenen Tinten auf die Gesundheit haben, da man doch bisher nur Laserdrucker im Visier hatte", krächzen auf dem giftig PAK-Asphalt die schwarzen, weisen Raben.

Die Ehefrau des Richters, Henriette, würde vielleicht sagen: „Helmut, spinnst Du, willst Du nicht mehr befördert werden und vielleicht nach Klein-Kleckersdorf oder Entenhausen - da gibt's kein Bordell, kein Lyzeum, nur ein erst vor kurzem eröffnetes Micky-Maus-Museum - in die Pampa abgeschoben werden? Du wirst jetzt krank und kümmerst Dich um die Gesundheit Deiner auf übermäßigem Wachstumskurs befindlichen Prostata, hoffentlich nicht auch verursacht durch TOXI-Tonerstaub im Amt, das selbst den Saubere-Gesunde-Luft-Paragraphen rammt. (§223,§230Stgb) Das Kopieren gebe heiter gefälligst an deine steinalte Sekretärin weiter. Wird sie krank, mach dir bitte nichts draus, tausch sie gegen eine aktivere Jüngere noch gesunde, vor allem hübschere aus. Auch hast Du eine Verantwortung für die Erfüllung eines und meines erfüllten Sexlebens. Currywurst-Rüdiger, Dein stets gern aktenfressender Stellvertreter, der hat ja sowieso keinen Beförderungsehrgeiz mehr. Ihn plagen keine Niederlagen. Außerdem geht wohl der eitle Klon doch schon eh bald in Pension. Er kann sich letztmalig profilieren oder resignieren. Im letzteren Falle, ei di Daus, lässt er keine Currywurstbude stets mehr aus. Außerdem wird diese End-Show mit viel Parlieren eh keinen je mehr interessieren."

Jetzt war Kohlhammer echt erschöpft und fiel somit endlich in den seit vielen Stunden ersehnten Tiefschlaf. So waren seine ersten, schon recht tief-schürfenden Gedanken und Überlegungen, sich öffentlich mit nur minimaler witzig radikaler femeähnlicher Eigenjustiz gegen dieses von ihm gefühlte himmelschreiende staatlich geduldete und wohlbewusst geförderte durchaus als kriminell anzuprangerndes Unrecht endlich zur Wehr zu setzen. Vom himmlischen Erzengel Gabriel erhofft er sich wirksame Hilfe und Unterstützung in seinem Kampf, keinen schwachen Rauch sondern antreibenden Dampf. Der gleichnamige irdische Erzengel, der auch mal Umweltminister war und wegen seines beträchtlichen privaten Eigengewichts an sich immer Bodenhaftung haben müsste, hat ihn schwer enttäuscht. 2009 hat er den von den Grünen beantragte Filterschutz-Gesetz-Erlass für Kopierer und Laserdrucker blockiert und nicht nur Herrn Kohlhammer schwer schockiert. Kohlhammer hat schaudernd eingesehen, dass sich die Moral und Frömmigkeit sehr vieler Abgeordneter im ständigen, inbrünstigen Beten für das Anfetten, d. h. die Erhöhung der Diäten, erschöpft. Die leeren Stühle in den Sitzungen zeigen, dass sie zu oft nur zur Faulentia neigen? Vielleicht machen sie dann auch oft viel Kohle zum Abheb-Eigenwohle? Friedrich Wilhelm I erregt gegen den verwitterten kargen Holzsargdeckel schlägt mit Wucht: „Wo bleibt die preußische Sparsamkeit, Genügsamkeit, die preußische Zucht? Ich schuf das machbare Gute stets auf fauler Beamter Rücken mit der Rute und der Knute."

Die meist arbeitslosen und einkommensschwachen Tonerkranken müssen ihre komplexen zahlreichen Fach-Arztuntersuchungen aus eigener Tasche bezahlen. Sie werden über Gebühr geschröpft. Politiker und ihre zahlreichen oft inhumanen Behörden-Mitarbeiter sowie die unsauberen Toner-Produzenten werden in heißen Wutgedanken so mancher Tonerstaub-Krankheitsopfer sehr gern und häufig geköpft. Die Guilloutine war selbst in der DDR ja noch Routine. Dabei war die DDR damals zweifelsfrei außer den Regierungs-Behörden ohne Tonerstaub dabei. Die professionell durchgeführte Tonerpulver-Komplett-Bestäubung dagegen ist daher für Kohlhammer ein humaner Gnadenakt, der durch immer häufigere professionelle Anwendung nur Positives bewirken kann, der der Kanzlerin für die Einhaltung ihres Verfassungseids, jeglichen Schaden vom deutschen Volksbürger fernzuhalten, unterstützen kann. Wer ständig zögert, kommt nie voran. Ein wenig Tonerstaub bei Beamten um Nase und Mund belebt das starre Gehirn zur klugen Entscheidung und mehr Kopiernutzer bleiben gesund? Es ist ja nur eine Kurzexposition in durchaus noch nettem Ton. Für Chefärzte und Gutachter gibt es dann auch weniger Geld, das wäre ertragbar in dieser arg schon degenerierten Welt. Noch sitzen die Politiker reg- und ideenlos stumm an dem großen Tisch herum.

Und von Herrn Schäuble der Untergebene Offer packte wegen zu langsamen Kopierens mal so eben die Koffer. Der öffentliche Rüffel tat ersterem kaum leid. Am genüsslichen Grinsen erkennt man dann die innere Freud. Von den sog. 620 Volksvertretern ist er für mich noch der einzige Mann, der vielleicht die Tonerstaubvergiftung noch stoppen und abschaffen kann? Von den starken Politikern ist fast alles hin, was zurzeit noch da ist, ist ja auch nur äußerst dünn? Die Bewertung gilt nur für die innere Statur-Struktur. Geht jetzt der werte, bewährte Herr Bosbach, werden noch weniger Politica-Schläfer wach? Trotz schwerer Krankheit brachte er stets die Wahrheit in aller Klarheit!

Die Politiker haben nun mal größtenteils von Tonerstaubgefahren so viel Wissen und Erfahrung wie ein ausgewachsenes Warzenschwein von Theologie. So ist er leider. Vertrau solchen daher nie. Das Warzen-Schwein, das riecht sofort den beißend Tonerdreck und läuft in hohem Tempo weg. Ja selbst die Südsee-Kannibalen-Krieger verzichten heut auf Menschenfleisch gewürzt mit Tonerdreck und ersetzen es noch in Trauermine durch Bio-Schweinespeck. Der Häuptling schlägt sich an die Brust: Mal wieder ein arg Stückchen Kulturverlust. Schuld sind nur im Bonner Bundesumweltamt die sauberen Weißen; sie können sich nicht mal am Riemen reißen. Die Tiere zeigen durch dieses Gebaren eindeutig ihre Angst und Abscheu vor Tonerstaubgefahren. Sie sind halt bessere Kritiker als die meisten unsrer Vorzeige-Politiker! Diese riechen dieses Gift-Zeug nicht. Sie tragen wohl zu oft die Nase zu hoch im Gesicht? Selbst ihre oft Gelehrtheit vortäuschende schwere dick rahmige dunkle Brille, das sehen sie mit Entzücken, kann sie kaum runter-drücken. Dem Volke dienen heißt zu oft bei manchen von ihnen: Nimm genügend Steuerkohle doch mit nach Haus zu Deinem Eigenwohle? Als geeignetes Wappentier bevorzugt man den Hamster hier. Man verleumdet dieses Edel-Tier. Für solches Prassen würden eher Elster, Kojote oder Kuckuck passen. Von solch böser Qual hilft fast nur die schnelle Radikal-Abwahl. Das dauert lange, d. h. x-mal überwintern. Schneller ging's mit einem gezielten Tritt in den wohlgenährten oft zu fetten Hintern? Meine Vermutung: Es gibt dann eine bessere, stärkere Durchblutung? Vielleicht selbst in der Birn? Ich meine das gewählte, oft zu wenig gestählte tonerstaubgefährdete Politiker-Hirn.

Im Büro vom Bischof von Limburg, dem viel gescholtenem Tebarz, das war richtig schön, da waren im Büro weder Laserdrucker noch Kopierer zu sehen. Er hat wohl ein bisschen viel gelogen, aber wenn Politiker den Mund aufmachten, haben sich schon oft die dicksten Wände verbogen. Sie verleugnen noch immer die Wahrheit, die Menschen vergiftende Realität und stellen sich taub. Die Wahrheit ist und bleibt: Tonerstaub = Gesundheitsraub. Sie schlafen meistens auf weichen Kissen und haben nicht nur meinen, Kohlhammers Gesundheitsverfall, mit auf dem Gewissen und die Familien-Existenz vieler Mitbürger brutal geschädigt und zerrissen! Das ist schon mehr als nur beschissen! Die freie unabhängige kesse Presse hat ja gehorsam nie berichtet: Die langjährig eifrige Kopierer-Vertriebs-Repräsentantin aus Stuttgart wurde fast täglich bei den professionellen Kopierer-Verkauf-Präsentationen ultrafein vergiftet und langfristig durch Lungenkrebs hingerichtet, unbeherzt, fahrlässig ausgemerzt. Den mit mir befreundeten Weltkonzern-Kopierer-Verkaufsleiter beschenkte man nach langfristigen Vergiften durch Benzol- und Toluol-Nasskopierer sowie später durch Laser-Trockenkopierer und Druckeremissionen mit tödlicher Leukämie, den mir gutbekannten fast noch jugendlichen T-Shirt und Tassen-Bedrucker mit tödlichem Krebs. Im Foliendampf von T-Shirt- und Tassenpressen verlor er den Kampf um sein noch jugendliches Leben. Die Farbkopierer, die er dazu brauchte, halfen mit ihren toxischen Emissionen synergistisch mit, dass er sein Leben zu früh aushauchte. Was mich dabei zusätzlich stört. Sowas hat die Presse nie berichtet, weil sie es wohl gern überhört? Der intelligente und freundliche Iraner, der seinen Kopierladen käuflich erwartungsvoll erwarb, verlor nach dreijähriger Copyshop-Maloche seinen Humor. Da entdeckte man plötzlich den Nierentumor. Gut bekannt ist mir ein Gutachten aus Süddeutschland. Einem erfahrenem Büro-Maschinen-Meister, der nach drei Jahrzehnten fast täglicher Tonerstaubinhalation schwer erkrankte und arbeitsunfähig wurde, bescheinigte der helle und professionelle Gutachter: Beim Kopiergerätereparieren kann man doch nie krank werden und schon gar nicht krepieren. Man macht ja zur Kontrolle nur jeweils eine Kopie, das reicht zum Krankwerden und Krepieren doch nie. Im Copyshop stehen neben diesem defekten Gerät noch ein Dutzend geräuschvoll laufender daneben. Dieses Faktum würde kein geil profitables Gutachten ergeben. Drum kommt's nicht rein. Es fällt daneben. Solchen Gutachter möchte ich keinen. Trotzdem sei gesagt, der Mann ist gefragt. Mein Freund Ullrich von Leinen vermerkte kürzlich: In Schilda suchen sie genauso einen, durchtrieben oder hinter dem Mond geblieben? O welch Glück: gesucht wird ein kompetenter Betriebsarzt in der dortigen Tonerstaubfabrik. Auch da brauchen sie einen lt. Bürgermeister Heinrich Krull für Krankenkosteneinsparung wie bei der gern erstrebten schwarzen Null. Es gibt auch für ihn als Tonerstaub-Pseudo-Kranken-Erkenner mehr Geld. Kompatible Frau und Wohnung mit Laserkopierer im separaten Raum mit Abluft-Vorrichtung zur Arzterhaltung werden gestellt. In diesem Fall ganz optimal. Im Mini-Kopierraum der Main-Metropolen Deutschen. Bibliothek fehlt anscheinend noch das gesundheitserhaltende Abluft-System, eine irre, böse, üble Hypothek? Da fragt Frau Luise Beser: Warum mosern da nicht mal die verwöhnten stets recht toxisch beföhnten Leser?

Im Operationsmitschnitt kann man dann deutlich sehen, in welchem Organ die toxischen Nanoschwermetall-Partikel sitzen oder stehen. In der Lungenzelle, in der Bauchhöhle in der Hypophyse. Man weist sie auch nach in der Haaranalyse. Die einstigen Zinkoxyd-Nass-Kopierer werden heut gern vergessen. Sie erzeugten durch giftiges Benzol und Toluol viel Krankheit und Tod nicht nur in Rheinland-Pfalz oder in Hessen. Wer sich da u. a. besonders hervortat, war von SCM- Deutschland der C 55- Coronastat oder oweh die 1415 von OCE. Auch die 220iger von Copygraph verhielt sich nicht brav. Beim Einfüllen der Entwicklerflüssigkeit atmete man großzügig ein das hochgiftige Benzol und Toluol. Beim Papierstauentfernen in der Entwicklerwanne hatte man den Toxi-Riechgenuss der ganzen Kanne. Die hier bei permanenter Operatorbetreuung entstandene Krankheit Polyneuropathie durch Toner-Flüssigkeit oder -staub gab's bei der BG weder gestern noch heute. Auch in Zukunft gibt's die wohl nie, wohl eine Lüge mit Perfidie? Alle, die deswegen zu ihr rannten, waren schlechte Simulanten, manchmal ausgeflippte Tanten, die keine Realität mehr kannten. Bei der o. g. Bestattungsfeier gab es jeweils firmenseitig neben viel Lob und Dank auch Krokodils-Tränen, immerhin, wenn sie echt waren, kamen sie nicht von Wölfen in Schafspelzen oder Hyänen. In Kopiertechnik-Werkstätten, Kopierzentren und im Kopierladen geht die Gesundheit ganz schnell baden, verursacht durch die nachweislich permanenten toxischen Tonerstaubschwaden. Der Unfallversicherung Prävention ist hier Lug und Trug und böser Hohn! Ich hörte noch vom größten Wahn, angeblich bei der Bundesbahn. Was ist da passiert? In dem mit zwei Schnell-kopier-Straßen ausgestattetem Kopierzentrum wurden angeblich von 20 Mitarbeitern 13 vom „ungefährlichen Tonerstaub" mit bösartigem Krebs etc. infiltriert? Zur Aufklärung dieser Thematik hält wohl die Presse diszipliniert bisher ihre „Fresse"? Und das Bundes-Umweltamt hat dies bös heikle Faktum wohl auch sehr gern verschlammt? Die Ungefährlichkeits-Bescheinigung dieser doch recht teuren oberflächlichen Tonerexpeditionsstudie der berühmten Exzellenz-Universität entbehrt wohl jeglicher wissenschaftstauglichen Profundität? Berechtigte Kritik von Dr. Lucius Reginald Strasser: Sie scheuen Tonerstaub-Langzeit-Untersuchungen und -auswertungen mit den im Marktgeschehen stehenden auch älteren bekannten toxischen Dreckschleudern wie der Teufel das Weihwasser? Es gibt ja fast kaum sofort für kerngesunde Laserdrucker- und Kopierer-Nutzer mit Ausnahme vieler angeschlagener chronisch Kranker eine schwere Akkut-Krankheit. Die schweren Toner-Emissionsschäden bei diesem Dauergift-Beschuss kommen später meist schwer ertragbar, irreversibel oder für lange Zeit und führen schnurstracks dann zur hoffentlich tonerstaub-freien Ewigkeit. Es gibt kein Staatsakt, keine Stiftung wegen der vom Staat verharmlosten und somit geförderten Vergiftung, ganz ähnlich geraten wie bei den schwer radarvergifteten Bundeswehrsoldaten Warum nicht? Dreimal dürfen Sie jetzt raten! Für die in Afghanistan im Gefecht Gefallenen gibt es wenigstens eine ansehnliche Feier, einen Trauermarsch, für die durch die eigenstaatlich fahrlässige Vergiftungs-Förderung bewirkten Asbest-und Tonerstaubtoten gibt's leider wohl nur den verachtenden inhumanen ungesetzlichen Tritt in den auch oft noch schwer strahlengeschädigten A....?! Die Politik als Selbstbedie-nungsladen wird somit Kranken immer schaden?

Kohlhammers Resümee verkündet daher eh: Das Gegenteil von kapitu-lieren heißt mit Köpfchen rebellieren, vielleicht in Gestalt von Minigewalt. Das bewirkt vielleicht des Vergiftungs-Wahnsinns Halt? Wer sich nur im Blitzgewitter einer üppigen Galavorstellung, die sich Blauer Engel-Nachhaltigkeits-Preis nennt, als hochdekorierte Jury repräsen-tiert, wohl ausgestattet In Hochpreis-Marken-Kleidung, exquisiter Nah-rung und superedlen Getränken sowie fürstlicher Gage, allerdings un-erfahren und daher unprofessionell im Thema gen-und zytotoxische Emissionen aus Laserdruckern und Kopierern der letzten vier Dezenni-en zusammen mit einem Laser-Drucker-Hersteller, der sich gerade in jüngster Vergangenheit durch Maschinen auszeichnete, die ihre Nutzer in schwere Krankheiten geworfen haben und noch werfen, muss gleich-falls mit an den Pranger vielleicht auf Alsfelds Markt oder auf Erfurts Anger, denn er macht sich wohl in der Tat zum Mittäter der Tonerstaub-Vergiftungen und das bei ca. 15 Mio. Arbeitsplätzen in unserem Musterstaat. (§223, §224 §230 StGB).

Auf dem römischen Teiche dem Schwan geht das freilich heut nichts mehr an. Der an sich positive Begriff Engel wurde von seinen irdischen Schöpfern auch noch vergewaltigt, weil dieser Blaue Engel nur ultrafeine Partikel insgesamt zählt, die ihnen aufsitzenden üblen gen- und zytotoxischen gesundheitsgefährdenden Nano-Schwermetall-Partikel, die nun im Blutkreislauf die folgenreichen schweren Entzündungen und langfristig die bekannten öfter erwähnten schlimmen Krankheiten erzeugen, wohl bewusst nicht erfasst. Vielleicht ist der Blaue Engel ja alkoholisiert und daher ein wenig impotent, gehemmt oder borniert oder hat er etwa Mängel wie ein tief gefallener Engel? So kann man Schadensersatz-Leistungen für schwer Tonerstauberkrankte, die fürchterliche Schmerzen und Not erleiden, recht wirkungsvoll vermeiden. Über ein Drittel der von der permanent akribisch agierenden Hamburger Aufklärungs-Stiftung bisher so ausgewiesenen ca. 3500 Tonerstaub-Krankheitsfälle sind nachweislich wohl eindeutig von des Preisträgers Maschinen regelrecht „verseucht" in schwere Krankheit geworfen worden. (nano-control) Aluminium, Kadmium, Quecksilber, Blei, Nickel, Tellur, Kobalt, Arsen, Carbon black, Dibutylzinn, Phenole als Nanopartikel oder Aerosole zeigten ihre zerstörerische Wirkung durch den jahrelangen Dauerbeschuss an dem Körper des Laserdrucker- oder Kopierer-Nutzers; potentielle Opfer sind immerhin fast 15 Mio. allein in deutschen Landen. Von 199 Polizisten sind nach nanocontrol 70% schwer und schwerst preisträgergeschädigt. Bei der BAM-Studie erreichte vor X Monaten der Nachhaltigkeitspreissieger mit seinem Blauer-Engel-Produkt mit 7,6 Milliarden Nanopartikel unangefochten den Nanopartikel-Carbon-Black-Verschmutzungspreis, was leider noch nicht jeder weiß. All diese üblen Fakten kennt der Juryvorsitzende, ein ehemaliger Umweltminister, Chef des UN- Umweltprogramms und der Ethik-Kommission anscheinend nicht, oder? Er ist doch noch nicht vergreist? Warum wurde der ihm überreichte Begründungsvorschlag nicht gründlicher als das Bayreuther Plagiat geprüft? Hat Ethik nicht etwas mit Ehrlichkeit und Anstand zu tun? Was nun? Die Folge ist doch: Sich nicht mehr quälen, bei der nächsten Wahl schon nicht mehr wählen? Gedacht hätte ich das nie. Sind das hier bereits etwa schon Vorboten der Totengräber der Demokratie? Präsident Putin macht es halt deutlich besser. Er zieht bei den NGOs die Computer schon mal ein, bald werden es die west-toxi-schwermetall-nanopartikel-verseuchten Laserdrucker und Kopierer sein? Über solche Tatkraft freuen sich selbst aus Hamburg Fietsche und auch Hein! Bei uns regieren wohl viel zu viele Sprücheklopfer, das ist wohl hundsgemein? Doch welcher Leser sieht das ein und lässt den Laserdruckerkauf zunächst mal sein? Dann hat die Stirn noch Geist im Hirn. Selbst der Erfinder der Xerokopie, Chester Carlson erlag 1968 dem Schlag in einer nächtlichen Kino-Vorstellung. Langjährig eingeatmeter Tonerstaub brachte Hypertonie, Gesundheitsraub mit tödlichem Ausgang. Natürlich brachte der Tonerstaub der Xerokopie massenhaft neue fortschrittliche wissenschaftliche Veröffentlichungen und auch bequeme Plagiate, angefertigt, fröhlich, lustig, heiter für die Karriereleiter, stets mit einer Hand am Blitzableiter. Bei manchen kam diese „Arbeits-Erleichterung" gar nicht so schlecht an. Sie bekamen sogar noch einen Job im Vatikan. Dabei, schadstoffloses Kopieren lässt sich heut hindernislos organisieren! Man sollte keine Zeit verlieren. Zusätzlich Frieden für den Körper stiften durch natürliches Entgiften. Zu diesem Zwecke steht parat das Zeolith und x-mal fermentierte Rechts-Regulat. Welcher Bürger kennt das schon: die NM-patentierte energetisch wirksame Kaskaden-Fermenta-tion? Sie verkürzt erheblich an deinem Geripppe die Dich in Burnout-Zustand versetzende Grippe und das sehr oft ohne die üble vielgenutzte Nebenwirkungs-Chemie aus der oft etwas zu hyperteuren Pharmazie.

Tante Ella nimmt täglich dafür Alpha-Lipon-Säure, Spirulina, Petersi-lie, Ingwer, Meerrettich, Koriander, Löwen-Zahn, Kalmegh, Mastix und Chorella. Sie sagt, ihr Körper lässt sie dann in Ruh. Mit Dr. N.-Rechts-Regulat- das ist kein Käs - verdoppelt sie regelmäßig ihre ATPs, die Energie, und geht schon auf die Hundert zu. Sie wohnt zur-zeit in Erlangen und meint stets: Hätt ich doch schon eher mal mit die-sen Mitteln angefangen. Und es sagt auch ihr sehr verehrter Dr. Rabe: Ohne Dr. Hittich, Supplementa etc. wär sie längst im Grabe. Bei mei-nem Stress, den ich hab soeben, wird sie mich noch deutlich länger überleben." Die „allmächtige" Schulmedizin richtet lt. Kohlhammer durch Neben-Wirkung ihrer Chemiebomber noch zu viele Patienten hin. Wären sie zusätzlich auf orthomolekularen Hilfsmitteln gebettet, würden nicht wenige dieser Kranken noch sicher gerettet, dazu gäbe es auch ein Real-Limit für unseriösen Profit. Kohlhammers medizinischer Erfahrungsschatz fehlt halt so manchem Arzt an seinem schmutzigen mehr oder weniger vertonerten Arbeits-Platz. Für den Patienten ist solch Toxi-Nano-Partikel-unterstützte Behandlung in der Regel für die Katz. Ist dann kein Immunsystem mehr da, breitet sich schnell aus Herr Pilz Candida. Selbst Dr. Krebs machte mit dem bis heute staatlich verbotenen Laetril Krebskranke gesünder und mobil? Man weiß selbst auf den Lofoten: Der diesbezügliche Wirkstoff in den bitteren Aprikosenkernen ist noch preiswert, noch nicht überall verboten. Quo usque tandem (wie lange noch?), fragt sich Prof. Dea Blücher-Randem. Im Nu verputzt schier wie ein Polier ein Pharmariese diese Lücke zu? Es geht weiter mit den Qualen nur durch x-mal Chemo und Bestrahlen? Nicht nur mein Nachbar Dr. Benno-Hagen-Frankibert Riese leidet nach vierjahrzehntelanger täglicher Tonerstaubeinwirkung unter den Folgen eines entfernten Gehirntumors an der Hirnanhangdrüse. (Hypophysen-Adenom) Die Hormone werden nun gelenkt durch Kortisone. Er leidet wie ein Hund und wird nie mehr gesund. Die Knochen werden weich und das Gesicht wird rund. Seine stetige bittere Kritik: Sind solche Politiker- und Sozialrichter-Verharmlosungstaten nicht etwas Ähnliches wie Vergiftung auf Raten? Im Kleinhirn macht es nun Klick und Klack: „Hadamar als Nachgeschmack?"

Patientenempfang in der Arztpraxis, in der Klinik, in der Ärztekammer durch Toxi-Tonerstaub ist eindeutig fahrlässiger Gesundheitsraub. Das Arzt-Patientenverhältnis ist dann wohl nicht mehr intakt, denn es handelt sich hier wohl offensichtlich um einen fahrlässig kriminellen Akt? Außenpolitik ist zurzeit ausschließlich wohl nur gefragt Die Gesundheits-Politik ist aus dem Takt. Im Flüchtlingsaufnahmebüro, noch ein Rohrkrepierer, stehen und laufen stets oft Tonerstaub ausstoßende Drucker und Kopierer, exakt genauso wie gewohnt im Toxi-Nanotonerstaub verschenkenden Bürgerpassbüro. Scheibenkleister, sprach der General: der Politik ist nach der Wahl doch sowieso fast alles ganz egal? Das ist doch schon normal." Der Historiker Prof. Wesser weinte, als er meinte: „die Attische Demokratie war kein Deut besser. Diese Demokraten waren so übergeschnappt und verwegen. Trotz ihrer siegreichen Arginusen-See-Schlacht (406 v. Chr.) hängten sie damals all ihre Strategen. Die ein Jahr spätere Schlacht von Aigospotamai wurde für Athen wegen des Mangels erfahrener Strategen- die waren im Hades und nicht mehr dabei- ein Desaster oder deutlicher gesagt ein faules Ei. Ohne jemanden zu verkohlen: Ähnliche Dummheiten können sich historisch gesehen auch mal oder öfter wiederholen. Der Brexit war der letzte Komik-Hit. Eine davon ist, bisher nicht zu konzedieren, dass Tonerstaub = Gesundheitsraub!" Ein Paradebeispiel, das man im Internet sehen kann, ist aus Augsburg, dieser Mann, der als Hausmeister nichts von Tonerstaubgefahren wusste und 500 Laserdruckerarbeitsplätze für 2000 Arbeitsplätze einrichten musste. Sieht man sich den von den Einwirkungen der Tonerstaubemissionen gezeichneten entzündeten, übel zugerichteten Oberkörper an, weiß man zusätzlich, was man von den dreisten, verdummenden Verharmlosungsversuchen der „Tonerstaubmafia" oder –allianz" insgesamt halten kann. (http://www.nanocontrol.de/pdf_htm/Augsburg Journ. 10/2010) Solche abscheulichen Bilder gibt es sicher auch wohl, nicht nur auf der Website von Nanocontrol. Kosmetisch, nur sinister (undurchsichtig, dunkel) sind diesbezüglich die politischen Anstrengungen von Umwelt- wie vom Gesundheitsminister. Was auch sie, die Bildungsministerin für leidvolles Unheil fast täglich mitstiftet, übersieht sie wohl, wie man fast täglich nicht nur in den Lesesälen der Universität und der Universitätsbibliotheken Studenten und Besucher lässt mit Toxi-Nanoschwer-Metallpartikeln fahrlässig beföhnen und langfristig vergiften, dergestalt, dass die Jugend wird dann früher krank und früher alt? Was mit hunderten Millionen Steuergeldern für den Wissenschaft-Nachwuchs will sinnvoll gefördert sein, reißt man durch pure Dummheit wieder mit dem Hintern ein? Und Heinrich Rheine im Grabe wieder friert, weil er nach all den Wirtschaftskandalen deutlich sieht, dass nicht die Politik sondern nur die Wirtschafts- und Finanzwelt regiert. Die Demokratie-Ideale liegen oft quer: Grundgesetz hin oder her? Hamburg Köln, Paris, München und Brüssel zeigen, es geht wohl bald fast nichts mehr? Wie bei den alten zerstrittenen Griechen können sich viele Europapolitiker nicht mehr riechen? Umweltgifte und Toner-Mief machen den Nasenriechnerv defekt und ihre Träger dumm und aggressiv? Diese windigen Demokraten sind auf dem Feinstaubfeld schon lange auf die schiefe Bahn geraten!? Die eignen Bürger sterben schneller weg durch staatlich fahrlässig gefördertes Umweltgift, Asbest- und Tonerdreck. Immerhin gleicht man diese Personalverluste wieder aus doch schon durch verstärkte, schnelle, bisher lausig kontrollierte Immigration? Die derzeitige Politik hat noch dies armselige Gesicht durch den kontinuierlich schwer vernachlässigten und immer noch weiter abgebauten Deutschland- und Welt-Geschichtsunterricht?! Da sagt selbst die alte Bremer

Stadt-Maus: „Wie kann man diesen, meinen Wissensstand doch noch verbessern: Ich denk, ohne noch hier groß Abschied zu feiern, wandre ich nun nach dem doch noch so intakten Bayern, ohne meinen putzig, schmutzig Laserdrucker aus. In Bayern ist die Luft noch besser und saubrer auch noch die Gewässer? Hier ist auch der Realpolitikerblick noch nicht verfälscht durch einen Brillen-Linsen-Knick? Warum können Berliner Behördenmenschen heut noch so viel feiern? Der Finanzausgleich kommt aus dem Süden, das meiste aus Bayern!"

Luftverschmutzende, atemwegschädigende Hochleistungskopierer im Patientenuntersuchungszimmer und im Praxiswarteraum, das gibt's zu viel, man glaubt es kaum. Zur Arztausbildung gehören Kenntnisse in Toxikologie. Andernfalls macht er oft viele seiner Patienten noch viel kränker und heilt fast nie. Es ist ein Jammer. Schuld ist wohl auch die Ärztekammer? Man hat Angst auch vor dem Gefährdungs-Krankenhaus. Denn durch Laserdrucker- und Kopiererstaub, MRSA- und Clostridien-Keime kommen viele Patienten viel gesundheitsgeschädigter als bei Einlieferung heraus.

Herr Kohlhammer musste zweieinhalb Stunden bei seinem HNO-Arzt geduldig warten. In seinem aufkommenden Frust hatte er schon seinen gerade dem Gehirn entsprungenen Reimentwurf in sein Notizbuch geschmiert: „Wer täglich über Jahre hin viel mit Tonerstaub kopiert, ist irgendwann zu früh krepiert." Die heiß gelaufene Kuli-Mine hatte seine weißen Hemdsärmel schwarz verfärbt. Im Warteraum saßen zehn Patienten auf pseudo-bequemen, harten Wartestühlen. Bequeme Haltung muss nicht sein. Darum sparte man die Armlehnen sowie die Polsterung ein. Kohlhammer dachte sich, beim Orthopäden wird's auch nicht viel bequemer sein. Vielleicht ist ja dort der Tonerstaub-Partikel-Beschuss nicht derart aggressiv, aber wohl auch ein widerwärtig Muss-Genuss. Wenn man hier mal fertig ist, kann man doch noch buchen, den Orthopäden auch heute aufzusuchen zwecks Verschreibung von Ibuprofen 600-800 gegen Hexenschuss und Nackenstarre nach HNO-Sitzung, natürlich wohl auch für nicht gern erwünschte geriatrische Nebenwirkungen wie Seh- und Wortfindungs-Störungen, psychotische Reaktionen, Depressionen in Richtung Beginnende Demenz, vielleicht ja noch in diesem Lenz, schwante ihm so durch das gestresste Hirn: Man wird da wohl nicht angeschmiert, diese Neben-Wirkungen sind echt waschzettelgarantiert. Lese ich das gesamte Nebenwirkungs-Programm, wird mir speiübel, da wird mir ganz klamm. Man tauscht gelegentlich Einzel-Symptom-Abbau gegen Immunsystemklau. Und der Nebenwirkungseffekt bringt Dir direkt einen oder Mehrdefekt." Der größte Teil des Warteraums war abgeteilt durch eine 1,50 m hohe weiß gepolsterte Trennwand. Dahinter saßen zwei strohblonde spätjugendliche, halbwegs attraktive, selbstbewusste, ein wenig viel Hektik verbreitende Arzthelferinnen - manchmal lächelten sie den Patienten mitleidsvoll traurig, manchmal gequält aufmunternd zu: ich leide auch ganz furchtbar, nicht nur bloß Du; wenn Sie an ihr mageres Mini-Gehalt ganz ohne Urlaubs- und Weihnachtsgeld dachten, verschwand unwillkürlich der milde, freundliche Gesichtsausdruck; dann legten sie meist eine kleine Rekreationspause ein, um diesen Hungerlohn-Frust erst mal wieder abzuschütteln. Diese Arzt-Helferinnen saßen stetig kerzengrade aufrecht an ihren mit pseudoneuster Technik und Test-Medikamenten vollgestellten Schreibtischen und beäugten die deutlich angestaubten Bildschirme ihrer bereits schon wieder veralteten Computer inklusive der fast noch nie gesäuberten Bakteriennester, genannt auch Tastaturen. Oft müssen sie auch warten auf verseuchte Kranken-Kassen-Karten. Oft vergessen sie das mit Seife Kaltabwaschen ihrer Hände. Die Auswirkung dieser Nachlässigkeit spricht oft Bände. Unzählige ihrer Trillionen an Mitochondrien, diese äußerst vielen Kraftwerke ihrer Körper, waren mal wieder leer gefegt. Es herrschte absoluter ATP-Energiemangel und das pseudointelligente Hirngespinst in ihren Köpfen, man könne diesen Mangel mit ständigem wohlriechendem Kaffeegenuss nachhaltig ausgleichen. Die Anzahl der erstmals hastig abgelegten feuchten Taschentücher verriet, dass beide Damen von einer Rhinitis, wasserreich, salzig und lästig zugleich, fast permanent geplagt wurden. Ein mittelstarker, aggressiver die schläfrigen Praxisbesucher jäh aufweckender Reizhusten hatte ebenfalls Einzug gehalten, der einigen Patienten den Gedanken eingab: „Wenn man noch nicht krank ist, so wird man es hier. Punkt zwei kam ich rein, jetzt ist es schon vier." Zwei moderne Digital-Hoch-Leistungskopierer mit Einzug, Duplex-, und Sortiereinheit verbreiteten nicht nur eine mittellaute unangenehme an den Nerven sägende Geräuschkulisse. Die hoch sensible allergisierende Nase des Herrn Kohlhammer hatte diesen bekannten, verhassten widerlichen beißenden Geruch bereits als gewaltig nachhaltig wahrgenommen. Im Nu war die Nase wieder hälftig zu. Seine Reaktion bestand im Hüsteln, Kratzen im Hals, Histamin-Ausschüttung d.h. ebenfalls eine flüssige, salzige Rhinitis. Bei hoher Nervosität führt das bei ihm gelegentlich sogar urplötzlich zur explosiven Schisseritis. Er trug darum fast stets immer bis zu drei Tempopäckchen und einen Minibeutel Salzstangen in seiner linken Hosentasche herum. Die Augen tränten. Ihm wurde schwindlig. Bei dieser Ungemach saß er verhalten zudem noch ganz im Kalten. In der genussfreudigen Verbindung der Schlaraffen, da war er oft Gast. Er trat da niemals ein. Er wollte in natura immer nur ein purer Spartaner sein. Der Leonidas, der war sein Vorbild, der war sein Maß. „Ungesunde Heizungsluft verweichlicht, pflegt der Doktor oft zu sagen, „man kann im Spätherbst auch Pullover oder Sweatshirt tragen. Mit Medima-Unterhose wie auch -Hemd ist mir Frieren total fremd. Dann präsentiert er stets seinen angefutterten Wohlstandsbauch und meint: ein bisschen heizen doch die Kopierer auch." Zudem versagte doch jetzt auch noch Kohlhammers entsprechender urinzurückhaltender Muskel; auf seiner Stirn entstanden tiefe ärgerliche Falten, das Wasser war nicht mehr zu halten. Das richtige, passende Wort fiel mir jetzt gerade erst ein. Es könnte aus dem Kanzleramt wohl sein? **Alternativlos** tröpfelte es bereits durch die Hos. Auch noch das, der Stuhl bald nass? Der Tonerstaub zeigt ihm permanent: Du bist und bleibst bis zum bitteren Ende wohl stets feucht und inkontinent. Ob die Binden das überstehen, war zurzeit nicht abzusehen. Sein Gesicht ist bleich und fahl: „Ein Arztbesuch ist in diesem

Jammertal schon wie eine Höllenqual oder ne Tortur am Marterpfahl. Ich komm nun nicht mehr her. Das war das letzte Mal. Die Wald-Kapelle (WC) immer bis zuletzt besetzt. Das Örtchen war trotz Rauch-verbot arg bös verraucht, das grau-dünne Zweifach-Klopapier schon vor langem aufgebraucht. Bei diesem Mief werden selbst friedliche Patienten aggressiv. Die Praxis, diese jetzt bös tonerstaubverseuchte, der Arzt bisher kaum eine große Leuchte? Kaum ein Zahn im Maul, aber la Paloma pfeifen. Kann hier die Gesundheit weiter reifen? Selbst Imhotep, Galen und Paracelsus würden keifen! Hypokrates hat sein Bett nicht in dieser Praxis sondern wohl nur im Internet. Arzt-Tortur ist eben keine Wellness-Kur, sagt selbst der Hess, sondern purer Oxida-tiver Stress. Gehst Du gleich ins Krankenhaus, lassen Dich die MRSA-Keime nicht mehr raus. Der letzte Gruß heißt zu oft EXITUS. Verges-sen in der Quarantäne liegt noch sein Gebiss, d.h. seine allerletzten dritten Zähne. Mit ein bisschen Glück kriegt der Anverwandte sie zu-rück, noch ganz oder Stück für Stück. Ist es wirklich das richtige, sein eigenes Gebiss, ist erst beim Zahnarzt durch Vergleich ganz gewiss. Ein Kopierer nach D3 macht heutzutage das Gebiss schnell neu." Ohne Gebiss gings früher ja auch. Ludwig der XIV schlang sich jahrzehnte-lang schadstofffreie Suppen, Breie, Puddinge in den verwöhnten aufge-blähten Bauch. Ohne Mixer gings halt langsamer. Heute geht's fixer. Schon mehrmals hatte er die Arzthelferinnen und auch den Herrn Dok-tor gebeten, das Kopieren im Warteraum ruhen zu lassen, die Geräte in ein separates Zimmer zu stellen oder sich gesundheits-freundliche Tin-tenstrahldrucker und -kopierer anzuschaffen. Auch heute scheute er sich nicht, seinen aufgestauten Ärger bei den Praxisangestellten loszuwerden. Man hatte seine zornig vorgetragenen Beschwerden noch nie ernst genommen, ihn am allerwenigsten: „ Sie wissen doch, dass wir Platzprobleme haben, dass wir leistungsfähige Geräte für den laufenden Betrieb brauchen und dass die Maschinen nicht gesundheitsschädlich sind laut Berufs-Genossenschaft, Hersteller, Bundes-Material-Prüfungsamt sowie Umweltbundes-Amt, alles seriöse studierte, oft ohne Plagiat promovierte, durchblickende helle Professionelle, auf die wir uns verlassen müssen. Sie haben sich da mal wieder böse verrannt. Unsere Nasen laufen ja heute auch nur wegen des miesen kalten feuchten Nebelwetters. Die anderen Patienten haben sich doch auch noch nicht beschwert. Wir haben auch sonst bei Bedarf genug trockene, weiche Taschentücher mit und ohne Menthol. Der Doktor Friedhelm Klammer war pfeilschnell wie ein Schnellflughammer aus seinem Zimmer herausgestürzt und hatte den störenden Lärm in allen Einzelheiten vernommen: Der Tonerstaub-Kohlhammer war mal wieder unerwartet in die Praxis gekommen. Seine Gedanken beherrschte urplötzlich der dies ater, der schwarze Unglückstag, der Brennus-Gallier Romeinfall und ein von links nach rechts die Straße überquerender, flitzender schwarzer Kater. In den Kopf schoss das Blut. Er kochte richtig, heiß vor Wut. Die Stimme war belegt wie auch erregt: „Herr Kohlhammer, Sie schon wieder. Diese massiven Betriebsstörungen können wir nicht brauchen. Ihre stets gleichen genial ideenreichen subjektiven Befindlichkeits-Störungen sind nun mal nicht vom Tonerstaub des Kopierers, schon gar nicht von unseren." Kohlhammer entgegnete nun gereizt: „Herr

Doktor, jedes Mal, wenn ich in Ihrer Praxis fortwährend mit diesen nachweislich toxischen Nanoschwermetallen beschossen werde, komme ich viel kränker, immungeschwächter nach Hause und brauche mitunter Wochen, um mich von der tonerstaubverseuchten Praxisluft zu erholen. Sie haben mir stets das letzte bisschen Gesundheit gestohlen.

Mein Hosen-Taschen-Oximeter, das gerade auf meinem Zeigefinger steckt, zeigt nur noch 92% Lungen-Sauerstoff an. Bei gesunder Atemluft erreiche ich fast regelmäßig zwischen 96-98 % Lungensauerstoff-Gehalt. Das ist ruinös skandalös. Ich glaube, dass Sie und Ihre Mitarbeiter ebenfalls seit längerem nicht zu knapp tonerstaubkontaminiert sind, da alle eine beängstigende Nervosität ausstrahlen und Sie mehrere Versuche brauchen, um beim Blutabnehmen die Vene mal akkurat zu treffen. Nehmen Sie sich ein Beispiel an Herrn Dr. Krause. Der spielt stets abends alkoholfrei Dart zuhause. Ohne zu lügen, kann ich heut sagen, seine Trefferquote ist wohl wieder beachtlich gestiegen. Auch sind mir Wortfindungsstörungen in letzter Zeit öfter bei Ihnen aufgefallen. Sie reden häufig Ihre Patienten mit völlig falschem oder arg bös verunstaltetem Namen an. Ich heiße Kohlhammer, nicht Kohlmann, schon gar nicht Kohlberger, Kohlmeyer oder Kohlhoff. Ihr Hörgerät liegt manchmal auf dem feinstaubverzierten Schreibtisch, wenn Sie als Profi meine Lunge mit dem Stethoskop abhorchen. Sie und ihre Angestellten sollten bald mal eine Haaranalyse in Auftrag geben, damit Ihre praxisgefährlichen und gefährdenden Toxi-Schwachstellen bezüglich Schwermetallen oder fehlenden Nährstoffen ausfindig gemacht werden. Sie wollen doch sicherlich nicht jetzt schon kapitulieren und noch ein paar Jährchen praktizieren? Der erste Schritt wäre: umweltfreundliche Kopierer und Drucker auf Tintenstrahl- oder Gel-Basis. Neben dem Abbau von Tonerstaubgefahren werden Sie doch erheblich bei der Stromrechnung einsparen. Ihre Stimme wird dann auch geschont. Sie sind dann nicht mehr so grässlich heiser, denn die Tintenstrahler sind erheblich leiser.

Bereits ihre Eingangshalle entpuppt sich als üble Toxi-Nanoschwer-metall-Gesundheitsfalle. Jeder Arzt, der seine Patienten an der Anmel-detheke mit toxischem Tonerstaub begrüßt, hat ihr Leben dann irgend-wie versüßt! Er überreicht eine knallharte oft folgenreiche Visitenkarte. Er knippst dann, folgert die Patientin Frau Rutine Kaus, so manchen ehrgeizigen Lebens-Erwartungstraum mal kurz oder auch langfristig aus. Was der doch alles kann, staunte selbst der Knochen-Sense-Mann. Bei hoher toxischer Schwermetallnano-Partikel-Ablagerung sofort zu-hause ohne Pause mit dem Entgiften beginnen. Lassen Sie doch für diese Rehabilitation nicht unnötig Zeit verrinnen. Seien Sie doch ein mutiger Detox-Mann und fangen mal zunächst nur mit täglich 300mg Alpha-Lipon-Säure an. Mit Knoblauch, Koriander, Amla-, Goji-Beere, Chlorella, Spirulina, Mastix und Kalmegh kriegen Sie schon bereits viel Dreck weg. DMPS und Zeolith sprengen nicht nur die noxen Schwermetalle weg wie Dynamit! Wichtige Nährstoffe wie Zink, Kup-fer etc. gehen mit. Renatine Bäuerle, die lachte: „Die Nebenwirkungen sind auch nicht zu verachte. Mein Lieber: Es ist meist Schüttelfrost & Fieber." Vom Vater der Medizin, Hypokrates, scheinen Sie bisher noch nicht viel gelernt zu haben. Die ganzheitliche damalige Medizin stand für die Heilung der Patienten im Mittelpunkt und nicht die heutige unkoordinierte Patientenbehandlung durch Zersplitterung in Spezialisten-Facharztmedizin mit Nebenwirkungs-Chemie und teurem teils Abzocke-Maschinenpark. Vielleicht hat doch mein Papagei ganz recht, der täglich lautstark kommentiert: Was sagt Dir stets Dein Wellensittich, gesund wirst und bleibst Du nur durch Dr. Reinhard Hittich und ohne Supplementa wär ohnehin kein Immunsystem mehr da. Ohne den HS 24- Fernseh-Arzt wie Dr. Peter Hartig und Dr. Herbert Plum bliebe doch auch die deutsche Menschheit diesbezüglich dumm und die Vita wäre wohl dann halt viel früher rum? Sie kennen ja doch bereits schon die werbungsstarken effektiven Bio-Chemiker, die nicht ganz unberechtigt nicht nur vor der demenzgefährlichen Chemiekeulen-Medizin warnen? Viele sind so noch am Leben geblieben, die von der Schulmedizin waren bereits abgeschrieben. Sie schütteln den Kopf ganz unverfroren. Haben Sie etwa Wasser in den Ohren? Dann trinken Sie ohne Verzug häufig genug Brennessel-Tee. Dann sind Sie schnell gebessert und mit Erfolg ausreichend entwässert. Manuca-Honig-gesüßter Tee bringt Sie wieder in die Höh. Mit besagtem PQQ (Enzymgenerator), Goji-Beeren und T-Zellen-Mehrer Beta-Glucan steigt schnell Ihr Elan! Bei Ihnen hier in Hessen wird oft der Speichelabstrich gern vergessen. Sind keine Viren und Bakterien derzeit im Mund, ist's keine Erkältung. Es liegt vor ein andrer, zu oft auch der Tonerstaubvergiftungs-Grund. Die durch Falschmedikation verordneten Antibiotika sind dann nicht gerade angenehm, oft nutzlos flottottonisch wirkend resistent. Extrem geschwächt wurde dadurch mehrfach mein Immunsystem. In dieser

Tonerstaubkombüse keine schlechte Analyse? Auch sagt mein Freund Herr Assurbanipal Specht: Wo ich recht habe, hab ich recht. Ein Patient, der sich nie selbst informiert und nur dem Arzt vertraut, hat schon zu oft auf Sand gebaut, dann folgt meist ein Abgang ohne Sang und Klang. Diesen letzten Satz sagte mir beiläufig Herr Anastasius-Konrad Huth vom Lacrima-Bestattungs-Institut: Kaum vorstellbar: Der Pfarrer sagte u. a. auch in seiner Predigt: Allein der Tonerstaub in Form von gen- und zytoxischen Nanoschwermetallpartikeln hat ihn schnell total erledigt. Keine Gesundheit mehr, keine Fertilität, eine schwere Belastung seiner Pietät. Die Überwachungskunst im Gesundheitsministerium ist und bleibt wohl ein wohlbehütetes Mysterium! In diesen Heiligen bürokratiestarken Sanitas-Hallen ist diese Tonerstaub-Thematik bereits abgrundtief schon unter den Arbeitstisch gefallen: Das Tonerstaubgeschrei wird eh recht bald vergehen, da die Nutzer bald ganz ohne Ausdruck nur noch auf on-line stehen."

„Herr Kohlhammer, das war zu viel, mir bleibt die Sprache im Halse stecken, doch ich sage: Hier ist Ihre vertrackte Komplettakte. Suchen Sie sich gefälligst eine kopierer- und laserdruckerfreie Praxis und falls Sie eine gefunden haben, treiben Sie den Kollegen nicht auch noch in den Wahnsinn. Guten Tag und auf Nimmerwiedersehen! Mit Ihnen war es niemals schön. Der Nächste, bitte. Kopieren Sie behende endlich diesen Auftrag nun zu Ende. Jeden, der über unsere Kopierer meckert, schicken Sie mit Überweisung gleich zum Couchen-Kollegen nach Hause wie neulich bereits Herrn Krause. Welcher Ärger, welche Aufregung, und dann war Monsieur Kohlhammer auch noch nur ein äußerst magerer Kassenpatient, der sich auch noch als pseudogelehrter Medizindozent und Wellensittich-Dompteur aufführt. Meine vielen ihm ausgestellten Schleimlöserezepte zur Behandlung seiner COPD II oder III hat er nie eingelöst. Stattdessen hat er in unserem Wartesaal rumgedöst, stets frische Knoblauchzehen gelutscht, auf dem Sessel ständig unruhig nervös rumgerutscht und somit den vor seiner Ankunft vollen Wartesaal innerlich unbewegt fast total ganz leer gefegt. Mit Verlaub, dieser Geruch ist schlimmer, d.h. weitaus aggressiver noch als Tonerstaub. Dann behauptet noch dieser pseudogebildete altkluge Lakai, dass französischer Knoblauch frisch vom Markt der bessere, stets wirksame Schleimlöser sei. Keine Nebenwirkungen, keine Schmerzen, ihm sei dann viel wohler so am Herzen. Drum lutscht er den ganzen Tag herum auf dem unerträglich abstoßenden üblen Geruchsgestank verbreitenden allium sativum. Zu Ende ist nun diese Qual, es ist jetzt ruhig totenstill im Wartesaal. Frau Meier, draußen ist es kalt, vergessen Sie nicht Ihren Schal. Herr Baumbach, nicht Ihren Homburg-Hut, sonst ist ihr Kopp ja viel zu kahl! Eigentlich ist es mir sowieso ganz s…..- egal. Seit Tagen schlägt dieser Praxis-Ärger schwer durch auf meinen vom Dauerstress schwer geplagten Magen. Und dabei esse ich fast nur Zwieback und den Spartaner-Wasser-Haferbrei." Seine Wohlfühl-Tees gebrüht durch seine Frau Sybille bestehen nur aus Fenchel, Melisse, Lapacho und Kamille. Den Brennessel-Tee und auch die -Suppe lässt er weg seit Tagen, denn er wollte auf keinen Fall einen schweren tröpfelnden Katheder tragen. „Vielleicht tut man sich mit diesem lästigen viel zu teurem Kopieren doch auf Dauer auch die eigene Gesundheit minimieren oder gänzlich ruinieren? Aber ohne Kopierer wird doch die Praxis zum Verlierer?" „Großer verquerter Kohl, mein Verehrter", würde Kohlhammer jetzt sagen, „telefonieren sie mal mit Nanocontrol, vergessen Sie ihr Klagen und Plagen. Tintenstrahler und Xerox-Qube-Festtinten-Kopiermaschinen sind weitgehend schadstofffrei und effektiv. Ich bin fast sicher, sie verbrauchen weniger Strom und verbreiten nicht diesen penetranten Mief. Nur so kommt man raus aus Ihrem jämmerlichen aus Unwissen erzeugtem Tief. Hoffentlich haben Sie sich nicht selbst beschissen, da sie mich ja grade rausgeschmissen. Den Freien Radikalen, die durch solchen Stress und Tonergift entstehen, können Sie nicht mehr lange widerstehen! Manchmal fängt es an schon unbemerkt in der Hose mit einer kleinen feucht-stinkigen Bindege-webs-Nekrose. Daher jetzt keine Pharmazie-Chemie-Bomber, keine Drogen, raffen Sie sich auf, gehen Sie doch mal zum Toxikologen. Vielleicht staunen Sie Bauklötzer wie ein kleines Kind, weil Sie wohl doch auch vergiftet sind? Als täglicher Tonerstaub-Konsumierer sind Sie immer ein sicherer Verlierer! Exakt diese Aussage hat der international anerkannte Fachmann Prof. Dr. G. Glaeske, der zurzeit den Lehrstuhl für Arzneimittel-Versorgungs-Forschung der Universität Bremen innehält, getätigt. Man findet sie ja so noch in der HR-Mediathek gewahrt und bestätigt: (Sendung 6.9; Video am 16.9.2015: www.hr-online.de/website/fernsehen...index/...mex_toner)

Manche haben noch einen Knick oder Sprung in der Schüssel oder der Leitung und lesen speziell auf dem Klosett die noch von gestern schon veraltete lasergedruckte Zeitung." Und **sofort** wird das Klo doch noch zum Bildungsort. Bei Dr. Frankel kann man sogar sehen zwei oft laufende Kopierer direkt vor der WC-Tür stehen. Ist das Toilettenpapier alle, hat man sogar Glück und greift zur Not auf die zu vielen Fehlkopien, gottseidank in Form von duplexgeeignetem Super-Premium-Normal-Papier zurück. Mit Sicherheit kann er dann verkünden, dass der sonst sorgsam gepflegte After oder Hintern wird sich krass und bös bald wohl entzünden. Als Dummheitslohn verschreibt der Arzt auch wieder schon Tuben-Creme aus Kortison. Es hilft nicht immer, aber manchmal schon. Ohne Wechsel gegen eine neue oder frischgewaschene Hose verbleibst Du halt in dieser entzündungsreichen, ja unansehnlich minder attraktiven Posen-Chose. Manche nehmen stets Weihrauch als Kortison-Ersatz, das hilft fast nebenwirkungsfrei langfristig auch. Manche nehmen sich der Sache auch erfolgreich an mit dem o. g. vermehrt Killerzellen produzierenden Beta-Glucan. Haut das alles so nicht hin, lesen manche mal kurz das Büchlein von Angela Martens "Heilsaft Urin. Viele, sagt die Frau Sulpicia-Urea Spann, sind dann so mutig und wenden es auch nicht so erfolglos an. Gern hätte ich gewusst wie und wo? Wirkt das echt oder wirkt es als Placebo? Dann wäre die preiswerte Eigenurin-Anwendung zuhause ganz ohne Tonerstaub wie ein rekreatives Gefühl von Urlaub! Ist Dein bernsteinfarbiger Urin nicht völlig schadstofffrei, rät Frau Claudia-Brunhilde Schwalbe, gehst Du in Apotheke und kaufst 10%ige UREA-Harnstoffsalbe. Gibt das auch nichts her, badest Du im Urlaub in Salzsohle, am allerbesten wohl im Toten Meer. „Gebessert kommst Du dann nach Hause und hast dann vor der silbrig pustelnden Juck-Psoriasis-Schuppenflechten-Attacke eine kleine, reine Mini-Atempause", erinnert sich Frau Dr. Mathilde-Candida Brause. Durchschlagenden Erfolg gab's mal in Berlin bei Frau Kien: Bei ihr verschwand die Schuppenflechte nach mehrmonatigem täglichen Kokos-Öl-Ziehen. Das aufschlussreiche Buch „Ölziehkur" von Bruce Fife erhellte nun endlich wieder ihr trübsinniges Leidens-Leben zum wonderful, wonderful Life."

Hilfsorganisation gegen Tonerstaubgefahr aus Kopierern und Laserdruckern

Auf der leider noch immer noch zu wenig bekannten Website der schon seit Jahren bestehenden Hilfsorganisation zur Aufklärung über das bisher erlebt bekannte komplexe Gefährdungspotential der Bürger-Gesundheit ausgehend von Tonerstaubemissionen aus Kopierern und Laserdruckern hat Herr Kohlhammer am Tag und in der Nacht stundenlang gesurft. Den fast zwanzigseitigen Fakten-Check kennt er fast auswendig, da er bereits viele der dort aufgeführten widerlichen Krankheits-Symptome am eigenem Leibe unter Schmerzen durchlitten hat. Er weiß, dass diese gen- und zytotoxischen Nanoschwermetall-Partikel, mit denen sein fast täglich von ihm eingenommener Arbeitsplatz beschossen und verschmutzt bis „verseucht" wurde, über Jahre hin seine schwere Krankheit COPD II, Polyneuropathie, Herz-Rhythmus-Störungen, Gefäß-Erkrankungen, Vasculitis, Retinapathie, Seh-, Hör- und Schlaf-Störungen, Tinnitus inkl. Drehschwindel etc. verursacht haben, dass ein ihm bekannter Copy-Shop-Besitzer nach fast dreijahrzehnte langer toxischer Schwermetall-Nanopartikel-Beföhnung in seinen eigenen durch große ausgelastete Hochleistungs-Kopier-Maschinenparks stark tonerstaub-kontaminierten Kopierläden nach schwerer Gehirn-Tumor-Operation zu einem für die Pharmaindustrie abhängigen, profitablen täglichen nicht nur Kortison-, ACE-, Betablocker-Abnehmer und Gesundheitswrack mutiert und seiner Existenz beraubt wurde, dass dessen Frau nach jahrelanger Betreuung von Schwarz-Weiß- und Farbkopierern mit schweren Atem-Wegs-Erkrankungen beschenkt wurde und durch dieses ständig neu entfachte Entzündungs-Potential in eine unheilbare neurodegenerative Krankheit fiel, deren Folgen durch häufige Stürze inklusive Oberschenkelhalsbruch, körperliche Schwäche und langes Liegen und das niederschmetternde MRSA-Klinikgeschenk, sich immer weiter ausbreitende nekrosierende Dekubitus-Flächen mit nutzlosen ständigen Operationen bei 34kg Körpergewicht, ein scheußliches staatlich und von gewissen Toner-Produzenten fahrlässig ursächlich gefördertes, verharmlostes Verbrechen, wohl bald seinen würdelosen Totenschein-Ausstellungs-Abschluss findet. Als Ursache wird wohl mal wieder Herz-Versagen angegeben werden. Mit staatlich gefördertem Fakten-Unterschlagungs-Lügen kann man so einfach die Menschheit betrügen. Ein Kostenposten weniger ist auch ein Vergnügen, immerhin ein Minimal-Zuschuss zur notwendigen Bewältigung vom nur durch Ego-Machtpolitik verursachten Flüchtlingsfluss? Durch die Bank sind alle Menschen, die Giftgas, Fassbomben, Menschen-Vernichtungs-Waffen, giftige Gebrauchsgegenstände wie Nahrungsmittel,

Textilien, Kinderspielsachen und toxischen Tonerstaub produzieren und verbreiten, asozial und im Gehirn total krank. Solche bösen Wichte lernten fast noch nie aus der Geschichte. Man kann sie nicht bestrafen, da nicht nur die im Kanzleramte zu oft schlafen?! Ebenso schuldig sind Politik und die Behörden an den vielen tausenden Asbestose-Erkrankten und -toten. Und die Frauen und Kinder, die jahrelang die asbestkontaminierten Arbeitsklamotten gesäubert haben, fielen langfristig gleichfalls krebsverseucht in den BG-Lügen-Geiz-Verharmlosungs-Abwehr-Graben. Sie haben gekichert: Ihr seid ja nicht mal versichert? Das gleiche Finten- und Verharmlosungsspiel." Kohlhammers Kommentar dazu ist stets: „ Und das Volk sitzt still und stumm um den großen Tisch herum." Die Kartoffel-oder Linsensuppe der Kanzlerin sollte man mit einer Messerspitze Toner würzen, dann käme es zur Nachdenklichkeit und nicht nur zu nutzlosen, vielleicht Bauch und Darm befreienden Fürzen. Wer weiß, vielleicht ist der Kanzlerin dann diese Suppe viel zu heiß? Geld für die Tonerstaubkranken brächte die Mütterrente gar ins Wanken? Die würden sich sogar bedanken. Denn sie gehören weder zu den Bedürftigen noch zu den Kranken. Die Erhöhung der Diäten würde sich wohl auch verspäten. Kohlammer hat seine Gesundheit-Daten in einem vorgefertigten übersichtlichen Formular der Aufklärungs-Stiftung abgegeben, in der Hoffnung auf wirksame Hilfe für den irgendwann anlaufenden Sozial-Gerichts-Prozess. Er hat für diesen Tonerstaub-Emissions-Aufklärungsverein nicht kleinlich gespendet. Was zurückkam, war bisher eine deutliche Verbesserung seines Sachwissens bezüglich der Laserdrucker-Tonerstaubgefahren. Eine wirkliche Hilfe für seinen Kampf gegen die Unfallversicherung war es noch nicht. Er zweifelte, ob seine inzwischen arg reduzierten monatlichen Einkünfte und Minireserven für die notwendigen von der Krankenkasse nicht mehr und nimmer genehmigten Arznei- und Nahrungsergänzungsmittel, Entgiftungs-Kuren und die vorzufinanzierenden vorgeschriebenen Unfallkassen-Untersuchungen ausreichen würden. Ca. 3500 Schwer- und Schwersttonerkranke waren gelistet in der Stiftungsdatenbank, die Spitze eines riesigen Eisbergs. Sind die alle dermaßen krank und unbeweglich, dass sich nicht eine kämpferische Solidaritäts-Bewegung wie sie grundsätzlich montags am Frankfurter Flughafen gegen Fluglärm und Kerosin-Dreck stattfindet, endlich mal formieren kann? Schon der alte Indianerhäuptling Tecumseh predigte vor seinen Kriegern und den Häuptlingen verbündeter Stämme im Kampf gegen den weißen Mann, dass man einen einzelnen Pfeil mühelos zerbrechen kann, ein ganzes Bündel an Pfeilen nie und nimmer.

Kohlhammer vermisste ganz einfach die Solidarität unter den Tonerkranken: „Wenn jeder abgeschottet verbissen seinen Einzelkampf führt, hat er meistens schon verloren, noch dazu die viele Kohle an den eigenen Anwalt. Dann hat die Lügenkampagne gesiegt. Es wird weiterhin vergiftet, manchmal selbst noch im Gerichtssaal, wo er selbst schon Laserdrucker hat rumstehen sehen, und der Profit auf Kosten der menschlichen Gesundheit gefördert. Das wäre ein Jammer, ätzt Kohlhammer. Das wäre schlecht, sagt nochmals Herr Specht und er hat recht. „Solange Tonerkranke, die eine Mini-Arbeits-Unfähigkeits-Rente bei den Unfallkassen beantragen, der Aufforderung nachkommen, sich einer toxischen Tonerstaubemissionsexposition zu unterwerfen, akzeptieren sie so das selbstherrlich angelegte inhumane Anerkennungs-Verhinderungssystem, das wohl klar gegen strafrechtliche Paragraphen verstößt. (§ 325 Absatz 1 und 2 StGB) Hier werden keine gesunden Menschen mit gen- und zytotoxischen Nanoschwermetall-Partikeln beschossen, sondern bereits Schwer- und Schwerstkranke. (§212 StGB) Grenzwerte für Toner-Staub-Emissionen in Innenräumen, die es bisher nicht gibt, wären doch wohl auch töricht sinnlos und inhuman. Man vergesse nie: Solche gefährlichen Rücksichtslosigkeiten sind oft die ersten Schritte in Richtung Hadamar, d. h. hie ein Vorgeruch von Euthanasie? Der Verdacht ist begründet, dass man das Immunsystem dieser Menschen zu schwächen in Kauf nimmt, damit sie somit den Mammut-Sozialgerichtsprozess nicht überstehen und möglichst vor Urteilsverkündung schon ins Jenseits gehen. Anders ist's wohl kaum zu sehen?"

„Die kürzlich von der IUK Freiburg (Institut für Umweltmedizin und Krankenhaushygiene) veröffentlichte Tonerstaubanalyse von vier handelsüblichen Lasertonerkartuschen dreier Produzenten mit den entdeckten gen- und zytotoxischen Nanoschwermetallpartikeln, den hohen Aluminium-, Arsen-, Blei-, Cadmium-, Kobalt-, Indium-, Kupfer-, Molybdän-, Nickel-, Zink-, Zinn- und Zirkonium-Werten zeigt mir, dass das staatlich beauftragte Wiki-Institut in Braunschweig, die bei Laserdruckern keine Tonerstaubemissionen finden konnten, die Bevölkerung übelig verulkt und wohl auch die Wahrheit hat vergeigt? Willst Du die exakten Werte sehn, musst Du wie ich auf die Website von Nanocontrol gehen! Dann siehst Du auch genau, wie man zieht mich und Dich durch den Kakao. Flüchtige organische kohlenstoffhaltige Verbindungen (TOC) wurden hier reichlich gemessen. Das sollte man auf keinen Fall vergessen. Hier gab es bei einem Gerät nach 100 Drucker-Seiten schon als Lohn eine verstärkte Lipid-Peroxidation in Richtung ruinöse Zellendegeneration. Wer braucht das schon? Wer schutzbefohlene fleißig arbeitende Bürger-Kopisten krank macht, liebe Frau Merkel, ist der nicht ein ausgewachsenes Ferkel? Ich Heinrich Kohlhammer bin stets gut informiert, aber keineswegs borniert. Wer übersieht das schlimme Krankheitsleid, der ist blockiert und nicht gescheit. Das Übel, die böswillige Obstruktion, ist doch leicht zu reparieren: durch schnelles Freistellen und frühzeitiges Pensionieren? Mit schrillem Pfiff hätte man das schon längst im Griff?"

Herrn Kohlhammer stößt es übel auf, dass gerade die Toneraufklärungsstiftung noch auf diesem Gleissystem mitfährt. Solang sie das tut, wird sie wohl sinn- und nutzlos im Kreis fahren? Auf Handzetteln hat Kohlhammer stets gelesen: Grundsätzlich stets überall Tonerstaub meiden. Er konstatiert: „Tonerstaub-Expositionen für Unfallkassen und nebulöse Forschungszwecke toleriert sie. Die klare Linie scheint zu fehlen? Diese Forschungsinstitute wollen wohl und werden allerdings nie zu klaren Ergebnissen kommen, da sie dann keine Steuer-Gelder mehr vereinnahmen können?" Kohlhammer ist müde und schlapp, nur das Gehirn schaltet immer noch nicht ab: „Die Frau von Onkel Heinz war ca. zwanzig Jahre lang Sekretärin in ihrem geliebten alten Fachwerkbau-Standesamt in der Näh von Mainz. Täglich arbeitete sie am

Computer und Laserdrucker. Sie und ihr HNO-Arzt hatten schnell erkannt, dass der Übeltäter dieser ständigen, schweren Atem-Weg-
Erkrankungen nur diese Toner-Staub-Dreckschleuder war. Sie weigerte
sich, weiterhin an dieser Maschine zu arbeiten und forderte den
gesundheitsfreundlichen Tintenstrahldrucker. Ihr netter Vorgesetzter,
Herr Franz-Joseph Bleiben, überreichte ihr wortlos rigoros bei hellem
Sonnenschein das Kündigungsschreiben. Sie hat ihn wegen schwerer
Körperverletzung angezeigt und klagt auf Wiedereinstellung. Endlich
mal eine Toner-Geschädigte, die ja nicht nur Mumm trinkt, sondern
auch Mumm hat. Unvorstellbar, wie viele Sekretärinnen in Deutschland
an der gleichen Misere laborieren und in Harz IV geworfen werden.
War der Bundestags-Präsident Dr. N. Lammert denn vollmundig sach-
unkundig, als er vor ca. zwei Jahren noch 1800 Laserdrucker unbekümmert anschaffen ließ? Die Hamburger Polizei ist seit langem laserdruckerfrei und die Angestellten von Niedersachsens Justizbehörden
können wieder tonerstaubbefreit richtig durchatmen. Mich selbst hat ja
der Arzt voll wutentbrannt von seiner Tonerstaub-Drecksluft verbannt.
Die genannten „Tonerstaubbefreiungs-Verwaltungen" verweilen auch
weiterhin im altbekannten Lügen-Modus-Takt: Sie haben den Maschi-
nenaustausch nur vorgenommen, weil die neuen moderner, leiser und
stromsparender sind, nicht deswegen, weil sie ihre Angestellten vor
Atem-Wegs-Erkrankungen schützen wollten. Dieser freundlichen Ver-
schleierungs-Taktik hat sich auch das Bundespräsidialamt angeschlos-
sen. Vielleicht hat Herr Präsident das noch nicht so recht durchblickt,
sonst hätte er die Kanzlerin ernsthaft irgendwie und irgendwo ge-

zwick. Dann hätt ich gern gespickt." „Tja," argwöhnt Kohlhammer: „So wollen sich Staat, Behörden und die betreffenden Tonerhersteller wie „Schmittchen Schleicher mit den elastischen Beinen" aus der teuren Schadensersatzfalle herausschleichen. Die nächste Wahl wird auch mir zur Qual, denn die „ehrbare" Politik windet sich hier wieder wie ein Aal. Einst Friedrich aus der Pfalz, der war nie ein solcher Wende-Hals. Trotzdem hatte er kein Glück. Sein Kurfürstentum bekam er nämlich nie zurück. Seine Glorie liegt darin, dass er als **redlich** verewigt ist in der Historie und die verbleibt so in der Memorie.

O.g. BG des Nachkriegsgründers Karl Burlemmer wird historisch gesehen dann wohl durch dreiste Tonerstaublüge auch mit zum Gesundheits-Hemmer? Obgleich auch er u. a in den Kriegsjahren diese Organisation totaliter judenfrei gemacht hat, durfte er sie ungehindert noch jahrelang weiterleiten. Entnazifizierung war hier gar nicht angesagt oder gefragt. Man sah die braunen Brüder nach dem Kriege im Amte alle wieder nur ein wenig mehr betagt. Da hat die Politik samt Volk wohl zu gern versagt? In Notzeiten fragt man nicht nach Moral, man nimmt dann beizeiten einen noch halbwegs Gescheiten und blendet gern aus die dunklen Vergangenheiten. Historiker bringen solche unbequemen Wahrheiten entweder gar nicht oder erst zu späten Zeiten. Sie lassen sich oft nur vom Beförderungs-Zeitgeist reiten und leiten. Diese Ego-Tour gehörte schon von der Steinzeit an mit zur menschlichen Natur. Zum Überleben waren sie noch ständig auf Jagd nach Bären, Löwen, Hirschen, Mammuts und Elefanten. Sie waren noch gesund, weil sie die Jagd auf jobfördernde Plagiate noch nicht kannten und auch nicht diesen ruinösen Gesundheitsraub durch Toxi-Laserdrucker-Tonerstaub. Bei der Jagd hatten sie viele Verletzungen am Körper und im Gesicht, aber eine inhumane Monopol-Nichtleistungs-Unfallversicherung kannten und wollten sie noch nicht. Sie saßen zufrieden an ihren Feuern und zahlten weder stets steigende Krankenkassen-Beiträge noch Steuern und nirgends vor Ort die überflüssige Kuckucksabgabe von VG-Wort, ein wahnwitzig irrsinnig Splien. Am allerwenigsten besteht das Toxi-Kopier-Volumen aus Gebührenpflicht-Bücherkopien. Trotzdem hält letztere hypergefräßig stets ihre zu langen Finger hin? Vielleicht ganz unverfroren, mehr für sich selbst, weniger für Autoren?" Der größte Irrsinn, kolportiert Frau Klara-Dusnelda Deger, 50% der verbleibenden Mittel nach Eigenbedarf überweisen sie an die „verarmten" Verleger? Die wohl überzogenen VG-Gebühren, räuspert sich Heinz Ruprecht Mauze, stammen doch noch ursprünglich von Helmut, d. h. von Schmidt-Schnauze? Sie profitieren schon zu lang selbst aus den Gefilden bester gesunder Atemluft von den Hungerlöhnen für todsichere, fast stets gesundheitsschädliche Sklavenarbeit der Toxi-Tonerstaub-Copyshopoperatoren, für die sie wohl durch weit überzogene Gebühren doch erheblich mitverantwortlich sind? Für deren oft arg grässlich widerliche schwere Erkrankungen tun sie sich nicht interessieren, sondern nur für ihre Gebühren? Sie stehen fast im gleich leuchtenden profitablen Humanitäts-Glanz wie die noch verklettet festgefügte Tonerstauballianz?"

Frau flieht wegen des täglichen unerträglichen Tonerstaubpalavers. Der Frust zieht ein, die Wut bricht aus. Marschiert er ins Behördenhaus?

Für Kohlhammer bedeutet jeder neue Tag einen weiteren Schritt in die Vereinsamung. Nachbarn, Freunde Verwandte nehmen Abstand von dieser arg depressionsbeladenen tonerstaubbelasteten Familie. Die Gespräche konzentrierten sich fast nur noch um Krankheits-Symptome, ausgelöst von Tonerstaub-Emissionen. Einige erzählten von über lange Zeit, d. h. jahrzehntelang tonerstaub-vergifteten Kopierservicetechnikern, Copyshop-Operatoren und Laserdrucker-Sekretärinnen - man setzte Ihnen oft noch zum Spaße die Dreckschleuder direkt unter die Nase - der letzten dreißig Jahre, die, wenn sie überlebten, inzwischen als „glückliche Harz IV-Bezieher" meist nur kurzfristig noch die Republik bevölkern. Man hörte von schmerzhaften, juckenden tiefen Hautverätzungen, Atem-Wegs-Erkrankungen, COPD III (COPD = Chronisch obstruktive Lungen-Erkrankung), Leukämie, Lungen-Krebs, Schlaganfällen, Polyneuropathie, Gefäß-Erkrankungen (Vasculitis) und Neuro-Degenerations-Krankheiten wie Demenz, Alsheimer, Parkinson, ALS, Prionen-Krankheit alias Kreutzfeld-Jacob-Syndrom etc. Man kann es schon lange nicht mehr hören, nicht mehr ertragen. Man geht nicht mehr zu Kohlhammers. Der teure gute alte resveratrolhaltige sardische und argentinische Rotwein aus dem Keller ist eh schon bis auf den letzten Tropfen ausgetrunken. Für weiteren qualitativen Nachschub fehlt Kohlhammer inzwischen das nötige Kleingeld. Es ekelt ihn schon an. Er trinkt nur noch Wasser aus dem Kran. Er weiß ja wohl dabei: es ist versetzt mit Chlor und Blei. Der Synergismus mit dem Tonerstaub steigert merklich den Gesundheitsraub. Dieses Wissen macht ihm keinen Spaß. Es steigert seine Wut und seinen Hass. Der kommende Sozialgerichtsprozess wird ihn überleben, so ist es eben. Den Prozess kann er nie gewinnen, das Geld wird ihm dabei in den Händen zerrinnen. Die Heilige Allianz aus Regierung samt behördlichem Gesundheits-Überwachungs-System und der diesbezüglichen Kopiermaschinen-, Laser-Drucker- und Tonerhersteller wird nie eingestehen, dass sie alle eine schwere Mitschuld für die tausende schweren und schwersten, nicht mehr heilbaren Tonerstaub-Erkrankungen unserer Mitbürger auch mit schwerem langem Siechtum und Todesfolge tragen, da sie bisher die nachweislich eindeutigen, klar nachgewiesenen Gefahren fast vorsätzlich leugnen und die Kanzlerin ihren Verfassungs-Eid wohl viel zu leichtfertig aufs Spiel setzt. Die Gelder die für Schadensersatz geleistet werden müssten, werden für unnötige, teure Wahlgeschenke wie die Mütterrente für wohlhabende, kaum unterstützungsbedürftige Mütter verpulvert. Man vergisst die Mütter, die mit schmerzverzerrten Gesichtern am Krankenlager ihrer an den widerlichen ruinösen langjährigen Krankheitsfolgen ihrer Mitochondrien abbauenden Tonerstaub-Vergiftung leidenden und vielfach verarmten Kinder sitzen. Stattdessen beschießt man täglich weiterhin ca. 15 Mio. Kopierer- und Laserdruckernutzer weiterhin überreich mit gen- und zytotoxischen Nanoschwer-Metallpartikeln. Man hofft, dass man sich langsam unmerklich aus diesem wahnsinnigen, unsinnigen Teufelskreis, ohne jemals Schadens-Ersatz-Leistungen zahlen zu müssen, aalwindungsreich entziehen kann. Das sind die heutigen Moralvorstellungen von Industrie und Politik? Nicht nur der VW-Skandal beweist, dass die Industrie sogar des Öfteren sogar der verschlafenen Politik ohne Skrupel gern und unbekümmert, rücksichtslos kräftig in die Wade beißt.

So oder ähnlich endet meistens einer der vielen von Kohlhammer vorgebrachten Ausführungen, die seiner Meinung nach in das Geschichtsbuch für Zeit-Geschichte gehört. Er sieht sich schon als ernstzunehmender Durchblick-Hobby-Historiker. Seine Recherchen und Statements sind akkurat. Für einen Wissenschaftstitel bräuchte er in der Tat nie ein Plagiat. Er schätzt den alten Gutenberg. Mangels Titel war der kein IQ-Gartenzwerg. Kohlhammer schloss die Wohnungstür auf. Auf dem Wohnzimmertisch lag das fast tausendseitige, kiloschwere vierfarbige Kochbuch seiner Angebeteten. Sie selbst war heute Abend nicht mehr körperlich anwesend. Auf dem Kochbuch lag der mit rotem Kuli fast in Schön-Schrift geschriebene Informationszettel: „ Brauche mindestens zwei bis drei Wochen Pause von Tonerstaubgesprächen und -diskussionen. Fahre zu meiner Mutter und schaue lieber täglich mit ihr die Sachsenklinik, Rote Rosen und Sturm der Liebe bei einem endlich mal wieder vollen Glas guten sardischen Rotweins und einem Brot gestrichen dick mit guter Butter. Dein Abendessen nicht vergessen! Es steht im Kochbuch S. 463: Saurer Hering mit Sahnesauce. Kleckre nicht wieder auf die Hose. Solltest Du das nicht mögen, in diesem alten Schinken ist ohne Lug die Auswahl für Dich groß genug.“ Diese unliebsame Überraschung trieb Herrn Kohlhammers Wut in ungeahnte Höhen: Dieses arrogante Scheusal von Mühsam, d. h. er ist ja nicht mal adlig, immerhin hat er durch seine tägliche Bewegungsarmut auch dickes Blut und Fell, ist schuld. Jetzt ist er dran, der Saubermann. Er wird noch nicht einbalsamiert, er wird jetzt nano-fein tonerstaubeinpulverisiert, natürlich auch durch das Hemd und Unterwäsche zur Schwärzung der durch die fortgeschrittene Bejahrung bereits zu frühzeitig ergrauten Behaarung. Das muss er alles gründlich waschen, duschen vor der nächsten Wellness-Paarung. Tandaradei und das noch jetzt im Mai. Vielleicht wird er durch die Presse bundesweit bekannt als Promi-Tonerstaubopfer noch in diesem Land. Mühsam wird jammern und beben, aber alles im Gegensatz zu den von ihm abgelehnten Langzeit-Opfern hochdotiert und mühelos überleben. Wer erlebt das schon, den Extralohn, noch vor seiner Vollpension? Auf dem Pressefoto, sieht er da nicht aus wie ein Profiklon? Ich glaub schon! Er leidet jetzt so wie bestellt ein bisschen für die ganze Welt. Wird der toxische Tonerstaub abgeschafft, wird er noch ein übergroßer Held. Und in seiner Berufs-Genossenschaft wird er nie mehr angeblafft. Er kommt ins Guiness-Buch für Rekorde bei Tonerstaub-Totalbestäubung und nicht für heimtückische Morde. Besser könnt es gar nicht gehen. Das würde wohl selbst der Papst so sehen? Entwickelt sich BG dann ohne Hohn zur halbwegs nützlichen Humanorganisation? Das wäre schön. Die Kanzlerin würde beim Gehen nach der Energiewende wieder mal sich graziös nach links rumdrehen. Einen solchen Schritt feiert man als Pressehit und alle Einfalts-Pinsel jubeln mit? Im Theater selbst beim Moor als

Gesichtsmaske kommt Toner nicht mehr vor. Einer meiner schönsten Träume: Ärzte mit Laserdruckern hätten leere Warte-Räume. Er macht blau und betreibt jetzt mit der Geliebten Liese im dichten Wald auf einer grünen, an Sauerstoff nicht armen Wiese den seit Wochen wohl so nötigen, rekreativen Stressabbau." Der Hamster schimpft im direkten Untergrund: „Hier lebt man auch nicht mehr gesund. Man kann doch so nicht schlafen. Unsere Wiese ist kein Liebeshafen. Bei noch reichlich Tonerstaub in Hemd und Hosen kann man sich doch hier nicht kosen."

Die schwarzpulvrige Tonerstaubattacke und Täterverhaftung

Kohlhammers Planung hatte wenig Zeit in Anspruch genommen. Freitag kurz vor Feierabend war schon deshalb passend, weil viele Beamte sich freitags abends sowieso dem Badeluxus inklusive teuren gesundheitsfördernden Badesalzen und -ölen verschrieben haben. Manche glauben sogar, sie könnten so ihr Alter aufhalten und den Intellekt, d. h. die oft sehr verkommene körperliche und geistige Potenz verstärken.

Zu diesem Zweck zum eignen Wohl schluckt man noch dieses teure Lang-Leb-Rotwein-Resveratrol. Diese Fehleinschätzung könnte nach Kohlhammers langjährigen Erfahrungen durchaus auch eine Nebenwirkung arg verstärkter Tonerstaubkontamination sein. Seine stets im täglichen Tonerstaubnebel am Computer und Laserdrucker arbeitende 44-jährige Sekretärin Cindarella hatte oft den Namen ihres Abteilungsleiters nicht oder nur sehr verunstaltet parat, eine sogenannte Wortfindungsstörung, ein Kognitionsdefekt oder eine Pseudoeingebung, auch wenn dieser Vorgesetzte nicht nur äußerlich eine blasse Erscheinung abgab. Mit nicht löschbarem Kuli hatte sie den Namen äußerst klein auf der Tischplatte verewigt, um Peinlichkeiten vorzubauen. Dies war nicht unbedingt immer hilfreich, da sie den Namen auf der Tischplatte so nie sofort fand. Sie trinkt des Abends noch ihr Bier, hoffentlich verschont sie lange noch HARZ IV. Vier Säckchen pechschwarzen Tonerstaubs hatte er noch von seinem alten Arbeitsplatzkopierer organisiert und sorgfältig aufbewahrt. Er war sich ziemlich sicher, dass diese Originaltoner-Menge für eine professionelle, gründliche Mühsam-Übertonerung echt ausreichend war. Während eines Strafprozesses würde das Gericht wohl hoffentlich die Konsistenz genau dieses Tonerstaubs von einem professionellem Labor endlich mal untersuchen lassen sowie gleichfalls auch die Emissionen der dazugehörenden Kopier-Maschinen oder Laserdrucker. Sollte das Ergebnis die Bestätigung der hohen Toxizität dieses Pulvers sein, hätte er eine längere Haftstrafe zu erwarten, die Unfallversicherer wären eindeutig des Lügens und Betrügens überführt. Es wäre ja dann trotz seines blauen Auges immerhin ein kleiner Triumph für ihn und unzählige Tonerkranke, endlich ein Präzedenz-Urteil in einem deutschen Straf-Prozess erstritten zu haben. Das Bundesverdienstkreuz bliebe ihm nach dieser nur kleinen ehrenhaften Straftat für immer versagt. Hat ja auch eher die noch junge kinder- und energiereiche Bundesverteidigungs-Ministerin verdient, weil sie die Eiserne Bundeswehrration durch Leibnitz-Kekse kostengünstig ergänzen will?

Und ich sage da ja ganz benommen: auf diesen netten Gedanken muss man ja erst mal kommen." Den Elektroschocker zur angemessenen Selbstverteidigung benötigte er wohl, damit sich dieser „Behörden-Unmensch" sich nicht zu zickig aufspielen würde. Mehrere in grell-roter Farbe gedruckte Aufkleber mit der Unfall-Versicherungs-Lügenbotschaft: „Tonerstaub ist doch wahrlich kein Gesundheitsraub" wollte er in dieser Berufsunfähigkeits-Ablehnungskammer an markanten Punkten hinterlassen. Die Waldkapelle, auch WC genannt, wollte er nicht verschonen, da dieser Ort bei Behörden sehr frequentiert wird und die lange tägliche Arbeitszeit stets ein wenig schrumpfen lässt. Schaltet man die moderne Podex-Warm-Abduschung ein, wird man noch ein wenig länger fließend genießend an diesem Orte sein. Über die Folgen: Hausfriedensbruch, Raumschädigung, Körperverletzung, grober Unfug, üble Feinstaub-Verschmutzung des Computers und Mühsams hässlicher dunkler Dick-Rand-Marken-Lesebrille etc., alles auch nicht schlimmer als die Schmerzen und täglichen widerlichen Unbilden eines schwer gepeinigten Tonerstaubgeschädigten. Kohlhammers Frau, der er schon mal diese Wut-Planung fast genüsslich vorgestellt hatte, meinte skeptisch, dass derjenige, der in Nürnberg wohl mal u. a. nicht nur seine Ehefrau des häufigeren übel misshandelt und Autoreifen von Polizeifahrzeugen aufgeschnitten hätte, danach wohl für ca. sieben Jahre mal kurz in der Klapps-Mühle überwintern musste. Damals hatte Kohlhammer noch deutlich beschwichtigt: „Ist ja nur eine entspannende Idee, ein Muss-Genuss, wenn man schon diesen ganzen Mist jahrelang ertragen muss." Der mittelalterliche Pranger inklusive Beschuss durch faule Eier und Gülle würde seiner Meinung nach einen solchen Schreibtischtäter schneller in die reinigende Reue und Umkehr treiben. Dann würde er vielleicht von selbst zur Buße fünf Jahre lang seine halbe Pension an & für von seiner Behörde abgelehnte Tonerstaubgeschädigte spenden. Nicht nur Günther Jauch, der Millionen-Unterhalter und Glücksgestalter, würde auch solches loben, selbst der Petrus ganz da oben? Jener winkt schon wild mit seinen Händen, er würde auch gern noch etwas spenden. Und Präsident Putin, der vielleicht lacht: „Von solchen dekadenten Dünnbrettbohrern hätte ich das ja nie gedacht. Vielleicht braucht der bereits schon arg degenerierte veraltete gealterte Westen eine Blutauffrischung mal vom Osten. Bereits bei der Völkerwanderung zeigten sich die Stämme aus dem Osten stark und unverbraucht als die besten. Es würde weniger dumm geschwätzt und alte Werte hochgeschätzt. Das Römische Reich Deutscher Nation war damals der Germanen Lohn."

Die gewissenhafte Eintonerung oder besser Rundumbestäubung des Alois Mühsam lief voll nach Planung. Als er den Elektroschocker sah, war jeder Gedanke an Gegenwehr in ihm erstorben. Kohlhammer hatte sich zum Selbstschutz mit einem gelben Gesundheitsschutzrock sowie einem grünen Plastik-Schwestern-Häubchen, Mund- und Nasenschutz und XXL-Gummihandschuhen ausgerüstet, aufgerüstet. Er hatte sich diese Kleinteile beim Krankenhausbesuch seiner Nichte organisiert, die eigentlich wegen Verschlimmerung ihrer schweren Atem-Wegs-Erkrankung dort eingeliefert war und nun wegen des unerwarteten, üblen Clostridien-Durchfall-Geschenks der Klinik tagelang kraft- und hilflos in Quarantäne lag. Auch sie war wohl eine rabiat Tonergeschädigte als Mitarbeiterin eines Mega-Rechenzentrums. Sie hatte seit Jahren fast täglich im Druckerraum, wo mehrere Kopierer und Laserdrucker oftmals gleichzeitig arbeiteten, Aufträge abzuarbeiten. Da auch sie zu aufmüpfig war und ihren Chef fast täglich bat, ihren Laserdrucker, diesen Krankheitserreger, gegen einen schadstofffreien Tintenstrahler auszutauschen, traf nun auch bei ihr im grellen Sonnenschein umgehend das Kündigungsschreiben ein. Der Sicherheitsbeauftragte dieses Betriebs hielt die sonst als sehr freundlich angesehene Nichte für eine zickige Querulantin und Dilettantin: Wer den Betriebsfrieden so ungehörig, egozentrisch, aufmüpfig mehrmals unterminiert, wird umgehend ins Abseits manövriert. Kohlhammer hatte inzwischen jeweils ein Tonersäckchen aufgerissen und es zielgenau verschossen mit maximaler Einwirkung auf Haare, Kopf, Nase, Ohren, Mund und Hals. Er traf so gut wie schon der alte Jäger aus Kurpfalz. Kohlhammer zwang diesen ängstlich wimmernden Behördenvertreter, sein bereits verschwitztes Oberhemd weit zu öffnen sowie den Hosenbauchgürtel entsprechend zu weitern. Den geschockten Mühsam konnte das wohl kaum erheitern. Das letzte Drittel des Tonerbeutel-Inhalts verstreute er mit ruhiger Hand im Unterhemd und in der eh seit Tagen schon zu wechselnden Unterhose. Kohlhammer zeigte sich etwas verwundert: Der spart ja sogar im Intimbereich ein. Seine Dorothea würde solch etwas niemals durchgehen lassen. Sie hätte ihrem lässigen Liebling einen Satz heißer Ohren wutentbrannt bereitet. Alles war nun gleichmäßig stark eingeschwärzt. Kohlhammer murmelte halblaut: „Kannst froh sein, dass ich den Farbtoner zu Hause gelassen habe. Heute wirst Du nur einfarbig gleichmäßig geschmückt und reichhaltig beglückt. Wasch Dich doch gründlich jetzt am Wochenende, damit Du bereits am Montag wieder wenigstens halbsauber weiterarbeiten kannst. Gerecht wäre es, wenn Du in naher Zukunft bei jeder ungerechtfertigten Berufs-Unfähigkeits-Antragsablehnung wieder eine derartige fotogene Nano-Toner-Pulver-Drecksmaske verpasst bekommst. Denk daran, Du kannst heut nicht mehr ins Freudenhaus. Du siehst ganz eindeutig zu schmutzig aus und wie Du mir ja verraten hast, ist eine gewisse Knirsch-Gefahr für Dich und Deine Bettgenossen dann wohl nicht ganz ausgeschlossen. Das gilt nun auch für Deine unmittelbaren Unfallversicherungs-Nachbar-Zimmer-Genossinnen, solltest Du sie in Kürze minnen. Ich mache jetzt noch ein Foto. Einen Abzug schicke ich Dir noch fürs Familienalbum. Ich würde dieses Bild ja gern beim Fernsehwettbewerb einschicken und im Falle eines Gewinnes Dir die Hälfte abgeben. Das ist die Solidarität, die Eurer Organisation schon im Ansatz fehlt. Lach doch nicht so gequält. Du gehörst zur Elite. Du bist für diesen Einsatz ausgewählt. Das mit Schwermetallen angereicherte Duschwasser darf auf keinen Fall ins Abwasser. Sonst wird dein Amt halt auch hier eine Umweltverseuchungs-Anstalt. Noch heute Abend vor den Abendbrotwürsten soll dich deine Frau liebevoll aber gründlich trocken ausbürsten. Dann ist in der Duschrinne weniger Toxi-Toner drinne. Mein mal kostenfreier sinnvoller Tip, in diesem Sinne!" Das Freudenhaus hätte Kohlhammer nie erwähnen dürfen. Jetzt wusste Alouis Mühsam haargenau, wer sich hinter der Maskierung dieses Tonerattentäters verbarg: Heinrich Kohlhammer, diese Telefon-Nervensäge von letztem Freitag, der ihm seinen Feierabend fast arg versaut hätte. Beinahe war er versucht auszurufen:„Heinrich, Heinrich, mir graut vor Dir." Aber ein solches Bildungsgreenhorn könnte das falsch verstehen und ihn dann grün und blau oder berufsunfähig schlagen. Außerdem würde seine rigoros strenge Behörde in solchem Falle einen derartigen Antrag eines verdienten Mitarbeiters, wie Mühsam sich zu recht oder irreal einschätzte, ja ebenfalls bedenkenlos, gnadenlos abschmettern. „Jetzt geht's erst mal vors Strafgericht. Scheibenkleister, jetzt hab ich schon wieder diesen Tremor, Tinnitus und Übelkeits-Drehschwindel und ruckzuck permanenten Pinkeldruck! Und hie und da meldet sich mit Schmerz die Prostata. Was dieser Kerl hier für Unheil stiftet! Hilfe, Ich bin nun auch schwerst tonerstaubversifft und -vergiftet! Warum kommt der Typ gerade zu mir, mein Boss ist schuld, ich unterschreib nur hier. Dieser lacht mich bald noch aus und geht sauber, nicht geschwärzt, gesund nach Haus. Ich bin verrückt. Warum hab ich den Heini nicht gleich zu ihm ins Chefzimmer geschickt? Wie oft wollt ich den Kackarsch auf Rädern, schon köpfen, schleifen, rädern und federn? Wie oft hab ich mich gequält, da die Gelegenheit gefehlt. Also warten wir, der Hamann kommt auch mal zu dir! Warte, warte nur ein Weilchen, vielleicht macht er Dir als Zugabe zur Bestäubung auch noch ein blaues, rosa Veilchen!" Als Kohlhammer am nächsten Morgen durch nerviges Dauerklingeln von Türschelle und Telefon endlich dem Sofa entsprang, war seine letzte Schnapspulle bereits leer. Als er die Haustür verschlafen öffnete, drangen vier schwer bewaffnete Polizisten in seine Wohnung ein und eröffneten ihm, dass er wegen eines heimtückischen Pulverattentats sich zu verantworten habe und hiermit jetzt verhaftet sei und er sofort Schlafanzug, Zahnbürste inklusive Paradontax-Zahnpasta und Kulturtasche inklusive notwendiger Medikamente innerhalb von fünf Minuten einpacken müsse. Er hatte es geschafft: Tonerattacke inklusive Untersuchungshaft. War es Mut zur Dummheit bei Verlust der Freiheit? Schon früh am nächsten Tag hörte er in den Abendnachrichten: Ein verspäteter, wohl verwirrter Karnevalsgeck hat einen Behördenmitarbeiter an seinem Arbeitsplatz widerlich schwarz ein- und zugepulvert. Spezialisten überprüfen zurzeit die Gefährlichkeit dieses ominösen übel riechenden Pulvers. Der Kommentar dazu war: Das Opfer scheint noch traumatisiert zu sein. Ansonsten blieb er wohl äußerlich ganz unverletzt. Zum Ausschluss von Atemwegerkrankungen und Vergiftungsfolgen unterzieht er sich fachärztlichen Untersuchungen. Vom Dienst ist er zurzeit freigestellt. Was wollte denn der Pulvertäter mit einer solchen Attacke bewirken? War dieser Behördenmitarbeiter ein Zufallsopfer oder speziell ausgewählt? In dem kommenden Strafgerichtsprozess werden wohl diese Fragen eine Antwort finden, die der Wahrheit nahe kommt? Wenn dieses Pulver - man ist sich fast sicher, dass es sich um einen Kopierer- oder Laserdruckertoner handelt – sich nun wirklich als toxisch erweist, ist er auf viele Jahre hin Zellendauer-Gast des Staates. Nach bisherigen angeblich wissenschaftlichen Erkenntnissen sowohl von der Tonerherstellerseite als auch von den entsprechenden staatlichen wissenschaftlichen Gefahren-Verhütungs-Behörden, denen Kohlhammer stets wohl nicht grundlos, d. h. wegen eigenen besseren Wissens und grauenhafter Eigenerfahrung misstraut, ist Tonerstaub von Laserdruckern und Kopierern kein Gefahrenpotential für die ca. 15 Millionen täglichen Nutzer in Deutschland. Vor Jahren hatten ja die vorgenannten beim ASBEST in gleicher Weise argumentiert und damit dummdreist unnötig zu viele Asbesttote und unerträgliches Leid geriert. Die bekannteste Stiftung zur Aufklärung des Gefahren-Potentials von Tonerstaub aus Kopierern und Laserdruckern kritisiert obige amtliche Aussage als bewusst wahrheitswidrige und fast schon kriminelle Verharmlosungen zwecks Totalvermeidung von bisher berechtigten Schadensersatzzahlungen für die tausende schwer- und schwerstkranken Tonerstaubopfer. Die vielen an den Krankheitsfolgen der Tonerstaubemissionen frühzeitig Verstorbenen sind dabei nicht zu vergessen! Die Nachweise von zurzeit ca. 3500 Tonerstauberkrankten, wohl nur die Spitze eines Eisberges, werden von der Heiligen Allianz, d. h. vom Staat und den Tonerherstellern als unprofessionell erhoben und unwissenschaftlich dargestellt. Ihren Jetzt-Toxi-Profit wollen sie wohl erhalten? Die Tonerstauberkrankten können doch ruhig ein bisschen eher dann erkalten?"

Kohlhammer hofft durchaus mit Skepsis erfüllt: „ Vielleicht hilft uns ja bei dieser üblen Kacke die ausgeführte Tonerstaubattacke. Als Richter braucht man schon einen ausgeschlafenen seltenen integeren Salomon. Sonst ernten wir auch aus der „Lügenpresse" nur Spott und Hohn. Auch ein Sozialgerichtsrichter in unseren irdischen Gefilden muss sich irgendwann, irgendwie und irgendwo mal noch gründlich weiterbilden. Ein sechswöchiges Workshop-Praktikum im Copyshop: Wenn er dann noch halbwegs lebt, würde das Urteil eher gerecht und vielleicht auch noch ein wenig top? Vor Dankbarkeit würden sich seine Untergebenen elegant verneigen. Sie bräuchten ihre Gesundheit nicht mehr Stund für Stund am luftverpesteten Behörden-Toxi-Laserdrucker mundschutz- und so sinnlos zu vergeigen! Sie tanzen nun sogar ganz ausgelassen ohne Tonerduft im Freudenreigen."

Auf dem Polizeirevier. Kohlhammer macht den Ermittlern deutlich klar, dass seine Tonerattacke ein Notruf zur Volksgesundheitserhaltung war.

Ein junger gutgelaunter Polizeibeamter befreite Herrn Kohlhammer aus dem düsteren kahlen, raumpflegeverschonten, versifften Gefangenenverlies, das noch immer stark nach kalter Vierjahreszeiten-Pizza roch. Sie war sehr fettig und schon ganz kalt, ja wohl schon eher recht alt. Trotzdem, er aß diesen ungesunden Gefängnis-Fraß. Als er bereits saß auf dem kalten Abort, dachte er unwillkürlich an das Totschlag-Fremdwort, das die Kanzlerin kürzlich noch zu häufig gern gebrauchte, wenn ihr Kopf mal wieder rauchte: alternativlos. So war nun jetzt tatsächlich bloß sein Los. Der Polizeibeamte grinste frech und bemerkte knapp: „Ich bringe Sie jetzt zu Kommissar Ruppert, der um diese Zeit noch gründlich genüsslich an seinem Tabak schnuppert. Ist sein Tabak allerdings schon wieder alle, spuckt er nur noch Gift und Galle.

Es wird kein Spaß. Hoffentlich überstehen Sie das." Kommissar Erich Ruppert saß in seinem karg eingerichteten Ermittlungsraum dem Tonerakteur Kohlhammer am Schreibtisch gegenüber, blickte ihm argwöhnisch stirnrunzelnd in die blauen Augen und direkt auf die unvergleichlich übergroße Hakennase. Nach Rupperts Einschätzungserfahrung könnte dieser noch relativ harmlose Täter wirklichkeitsnah einen bösartigen Schurken oder Mafia-Boss in der Hollywooder Filmbranche spielen. Stattdessen hat sich dieser nicht gerade unsympathische Rachengel in eine sehr beängstigende Schieflage gebracht, aus der er wohl kaum wieder so schnell herauskommt. Er ist da böse angeeckt wie eine Wespe, die im Honig steckt. Dann will er noch nicht einmal Rechtsbeistand, da er fast alle Pflichtverteidiger für wenig engagiert und tonerstaubignorant und selbst durch dieses Toxi-Pulver schwermetallbelastet denkunfähig hält, womit er wohl sogar nicht selten auch die Realität darstellt. Wer hat denn schon noch die Zeit und Lust zu interessieren sich just für diesen Toxi-Toner-Dust? Allerdings macht er sich breit von neun bis vier speziell in unserem Revier. Nach ihm stinkt es ja immer hier. Der Kommissar, der stöhnt: „ Man hat sich ja doch an diesen widerlichen Beißgeruch ja schon gewöhnt."„Wer oder was hat sie angetrieben, den unbescholtenen harmlosen netten Unfallbehördenangestellten derartig mit Tonerpulver einzustauben und mit einem Elektroschocker zu bedrohen? Was haben Sie sich von diesem idiotischen Delikt versprochen? Nehmen Sie Drogen oder Psychopharmaka oder sind Sie etwa erprobt tonerstaubgedopt?" Es gab tatsächlich schon mal einen Toneranschlag in einem Leipziger Jugendamt. Sie kamen nachts und ließen ihre Wut an der Büroeinrichtung aus. Sie vertonerten nicht einen einzigen Angestellten und gingen nach verrauchter Wut wieder nach Haus. Da keiner diese Täter fand, blieb das Motiv offiziell noch unbekannt. Von der Toxizität des Toners nahm damals die Justiz keinerlei Notiz nach dem Motto: Was ich nicht weiß, macht mich und auch andere nicht heiß. Vergessen wir doch lieber diesen Scheiß!"

„Herr Kommissar Ruppert, ich habe mich strafbar gemacht, nicht um meines eigenen Vorteils willen, sondern um die Lügen und das seit drei Jahrzehnten staatliche und das herstellerseitige Verleugnen der Tonerstaubgefahren aufzudecken und anzuprangern, das sehr bald ähnliche Opferausmaße erreichen wird wie der immerhin schon bundesweit bekannte Asbestskandal, dessen bösartige tödliche Auswirkungen von den gleichen Institutionen mit fast krimineller Energie geleugnet und vertuscht wurden. Auch meine Gesundheit und Existenz wurde von diesen wohl „edlen, barmherzigen Gutmenschen" matt und platt gemacht. Auch sehe ich in ihrer Behörde mehrere dieser tückischen toxischen Dreckstaubschleudern im Einsatz, während die Hamburger Polizei und die Justizgebäude Niedersachsens sowie das Bundespräsidialamt bald laserdruckerfrei sind. Trotzdem halten diese Einrichtungen mit der Wahrheit hinter dem Berg. Sie täuschen und belügen das Volk. Sie wollen keine Hatz auf Schadensersatz. Sie behaupten tatsächlich, dass die einwandfrei laufenden kaum Störungen verursachenden Laserdrucker und Kopierer wegen ihres Alters und technischen Überholtheit sowie des hohen Stromverbrauchs gegen neue Tintenstrahl- und Gelgeräte, die natürlich auch umweltfreundlicher sind, ausgetauscht würden.

Zurzeit haben wir noch ca. 15 Mio. Arbeitsplätze, die mit derartigen Gefahrenquellen ausgestattet sind. Die nachweislich gen- und zytotoxischen Nano-Schwermetall-Partikel des Laserdrucker- oder Kopierer-Toners atmet man ein und diese wandern in die unteren Alveolen, gehen über die Lungen-Bläschen ins Blut und bringen gefährliche Entzündungen in Gang, speziell Oxidativen Stress, der die Zell-Gesundheit unterminiert. Kurz- oder langfristig führt dies oft zu gefährlichen Krankheiten: Atem-Wegs-Erkrankungen wie COPD III, Lungenemphysem, Lungen-Fibrose, Nekrose, Lungen- und andere Krebsleiden, neurodegenerative Krankheiten wie Demenz, Alsheimer oder ALS und Parkinson, Blutvergiftungen, bösartige Hautausschläge, Parodontose, Kieferentzündungen, Energiedefizite wie Burnout, Herz-Kreislaufbeschwerden wie Herzinfarkt oder Schlaganfall etc. das ganze Gefahren-Potential ist bereits mehr als drei Jahrzehnte alt. Diese hausgemachten Tonerstaub-Krankheits-Leiden verbreiteten sich explosiv, als schon zu Beginn der siebziger Jahre der Hersteller und Vertreiber Rank Xerox seine Monopolstellung für die trockene Elektro-Fotographie einbüßte und viele japanische, US- und wenige Europäische Firmen in diesen damals profitablen Markt einstiegen.

Früher wurden die Selentrommeln der Trockenkopierer, auch Xerox-Kopierer genannt, vom Techniker ja oft direkt vorm Privat-Kunden oder dem Publikum im Kopierladen einige Minuten lang gewienert und der hochgiftige Selenabrieb in die bereits anderweitig nanoschwermetall-verseuchte Atemluft eingebracht. Früher kannten die Unfallversicherungen die Gefahren kaum. Heute kennt die Monopol-Unfallversicherung sie genau und trotzdem lehnen sie grundsätzlich Arbeitsunfähigkeitsanträge ab, da sie keine Entschädigung zahlen wollen. Man wirbt stets mit dem Slogan Prävention und behandelt die Kranken nur mit Spott und Hohn. Das galt schon für die Asbestose und gilt heut auch für die Tonerstaubchose. Keiner von diesen „Präventionalisten" will die Wahrheit sehn; ja sie reden die Vergiftung schön. Prof. H. kritisiert das sehr: „Beweislast-Umkehrung muss schleunigst her. Nicht zu den durch Tonerstauballianz verarmten Kranken, sondern zu den unterforderten Behörden gehören die gründlichen Fakten-Recherchen, trällern auf Bäumen die geschockten Lerchen." Nach meinen ärztlichen Befunden habe ich vielleicht noch ein Jahr oder weniger Resterden-Lebensaufenthalt. Ich wollte diese Zeit nicht sinnlos verstreichen lassen und hoffe, dass mein Opfer Mühsam nach ausgiebigem Duschen und Baden wieder rundum tonerstaubfrei ist. Seine Unterschrift unter dem Ablehnungsschreiben meines Berufs-Unfähigkeitsantrags hat mich angestachelt, diesen Behördenmenschen mal total von oben bis unten schwarz zu überstäuben. Es war für ihn nicht angenehm oder besonders schön. Irgendwie war er aber fotogen. Wie er da saß so faul, hilflos und still apathisch, wurde er mir ein wenig gar sympathisch. Der Stolz war weg, nicht mal nur überdeckt durch schwarzen TOXI-Tonerdreck."

„Ein klares glattes Geständnis. Gewalt kann nicht geduldet werden. Allein der Staat besitzt das alleinige Gewaltmonopol. Vermeiden Sie Gewalt. Wenn sie jemanden wegen Tonerstaub-Vergiftung anzeigen wollen, gehen Sie zum Staatsanwalt. Da zahlen Sie noch keinen Cent von Ihrem monatlichen kargen Gehalt. Ihre Motive kann ich bis zu einem gewissen Grade nachvollziehen. Auch unsere Mitarbeiter werden täglich verstärkt diesem wohl toxischen Tonerstaub ausgesetzt. Ich hoffe, dass unser Landesinnenminister die Klugheit und Entscheidungskraft besitzt, genau diese Hamburger und Niedersächsischen Vorsichtsmaßnahmen ebenfalls zu veranlassen und uns umweltfreundliche Tintenstrahl- oder Geldrucker zur Verfügung stellt. Die Polizei kann nicht bei dem knappen Personalbestand noch zusätzliche Ausfälle durch häufige Tonerstauberkrankungen hinnehmen. Nach Ihren eigenen Ausführungen belasten Sie sich schwer. Wenn der Haftrichter erkennt, dass Sie im Wissen um die Gefährlichkeit des Tonerstaubs Herrn Mühsam mithilfe des Elektroschockers eingestaubt haben, ist Ihnen wohl nicht nur eine längere U-Haft gewiss. Bis das Gericht dann mit diversen Gutachten und langfristigen Terminen zu einer Klärung kommt, könnten viele Monate vergehen. Ich hoffe, dass Sie entweder Haftverschonung aufgrund Ihres labilen Gesundheitszustands erhalten bzw. diese harten Internierungseinschränkungen halbwegs heil überstehen. Mehr kann ich jetzt nicht für Sie tun. Morgen oder übermorgen wird der Haftrichter entscheiden. Machen Sie bitte schon mal eine Liste aller notwendigen Medikamente, die Ihre Frau ganz genau zu Hause zusammenstellen und dann vorbeibringen soll. Außerdem wäre es sinnvoll, wenn Ihre Gattin die wesentlichen Presseorgane über Prozess und die Termine informiert. Diese Thematik muss in die Öffentlichkeit. Dann ist es zu einer positiven gesetzlichen Lösung nicht soweit. Auch unsere Sicherheitsbeauftragten müssen aus dem Schlaf gerüttelt werden und nicht alles das glauben, was in den glänzenden Unfall-Versicherungs-

Broschüren und entsprechenden die Tonerstaubgefahren verharmlosenden die Internettexten doch so alles über den doch gesundheitsungefährlichen Laserdruck und modernen schadensimpotenten Kopierer-Staub an hochprozentigem Blöd- und Unsinn steht.

Die verdienstvolle Arbeit der bekannten Aufklärungsstiftung schätzen wir sehr. Leider tanzt die Politik nach der von Industrie und Wirtschaft gespielten Eigennutz-Musik. Einerseits behaupten sie: Keine Gefahr auf der Piste. Andrerseits stellen sie auf eine umfangreiche Tonerstaub-Gefahren-Vermeidungsliste. Diese Leute sind auch schon durch den Wind, weil sie vielleicht auch tonerstaubkontaminiert sind! Manche diesbezüglichen Toner-Staub-Urteile sind m. E. direkt bei hellem Lichte besehn so nicht nachvollziehbar, d.h. wohl hundertprozentig schizophren: Langzeit-Tonerstauberkrankte im Amt erhalten keine Erwerbsunfähigkeitsversorgung, dagegen diejenigen, die einen sog. Sofort-Unfall durch eine Tonerstaubschwaden erzeugende schadhafte Tonerkassette an einem bestimmten Tag mit genauer Urzeit anzeigen nach §131 der Beamtenversorgung wohl. In beiden Fällen sind die Opfer durch die toxischen Tonerstaub ausdüsenden Amtskopierer oder Laserdrucker schwer erkrankt. Diese heimtückisch kriminelle Unterscheidung dient wohl allein der Verhinderung einer gerechtfertigten Schadens-Ersatz-Lawine? Das ist schon bös, ominös, mafiös. Meine Frau sagt stets: „Hasi, die sind hier halt auch nicht besser als die CIA, der BND oder die Stasi? Schon in der Antike die Assyrer quälten beim Deportieren ganzer Völker mit sarkastischem Vergnügen alle möglichen Verlierer. Für üble Folter und für Suppression gab's da auch häufig

Extralohn. Das ist zwar schockierend, war aber zu allen Zeiten motivierend. Es gibt ja gute Politik, wenn bei den Eliten sind kaum Nieten!"

Der Prozess

Kohlhammer saß nun schon die dritte Woche in seinem Zwangsrefugium, in einer grauen acht m² großen, wandkalten, schmucklosen, abgenutzten, fast nie geputzten, schlecht und minder belüfteten, schimmelbehafteten Zelle des Untersuchungs-Gefängnisses. Immerhin hatte er ein winziges nur tropfenweise ablaufendes Waschbecken, eine Miniwaldkapelle, auch WC genannt, einen Wecker und einen Bestseller mit dem Titel: Lass Dich nicht vergiften, sonst gehst Du bald nach oben stiften, eine Breitbandinformation über toxische Stoffe aus der der alltäglichen Zivilisations-Umwelt, in dem auch die Tonerstaubgefahren knapp und klar abgehandelt waren. Er hatte diese 208 Seiten des professionellen Autors Dr. med. Joachim Mutter mit dem Untertitel: Warum uns Schadstoffe krank machen und wie wir ihnen entkommen x-mal sorgfältig mit größter Aufmerksamkeit durchgelesen. Rechtsbeistand hatte er abgelehnt. Selbst wollte er dem Richter und Staatsanwalt Rede und Antwort stehen und diese fast allseits verharmloste Gesundheitsgefahr knallhart ins Rampenlicht stellen. Der Gerichtstermin war für die nächste Woche angesetzt. Irgendwelche Schuldgefühle plagten Kohlhammer nicht. Ein wenig schmunzelnd hoffte er natürlich, dass Mühsam keine Tonerstaubreste mehr an seinem Körper hatte und hoffentlich die gesamte eingestaubte Freitags-Ankleidung in die Wasch-Maschine geworfen oder in die Wäscherei gebracht hatte. In frischer Unterwäsche müsste er sich doch wie neugeboren fühlen. Dabei erinnerte er sich an den netten Beamtenwitz mit dem Weihnachtsmann, Osterhasen, fleißigen und faulen Beamten, die zusammen Fußball auf einer satt-grünen Wiese spielen und der Ball weit weg über den Zaun in einen Obstgarten geschossen wurde. Wer sollte diesen weiten Weg auf sich nehmen und den Ball holen? Jedes Kind weiß ja, Weihnachtsmann sowie Osterhase gibt es nicht, den fleißigen Beamten wohl auch nicht? Da bleibt nur noch einer übrig. Bei Mühsam könnte es sein, dass, wenn er eine noch rüstige, hilfsbereite Frau hat, diese sie ihn von dieser staubigen Entsorgungsschinderei verschont hat. So schlimm wie das Augias-Stallausmisten durch Herkules war es wohl in diesem Fall nicht. Der Gestank war weniger aggressiv. Kohlhammers Frau hätte ihrem Gatten zu verstehen gegeben: „Selbst ist der Mann und versau gefälligst nicht schon wieder mit solcher Büßermine unsere neue Waschmaschine. Das nächste Mal holst Du Dir, eine hilfreiche Sach, zur Hilfe noch einen oder zwei Waschbären von des Nachbars Hühnerstall-Dach."

Kohlhammer saß jetzt oft auf seinem Trichter und hoffte stets auf einen fairen irdischen Richter. Nach dem heutigen heftigen Durchfall, was dem ungewohnten fettem Essen geschuldet war, sollte wenigstens der Zufall für den iudex iustus, den gerechten Richter, sorgen, damit es keinen Reinfall gäbe. Schließlich wollte er hinter diesen kalten, grauen Mauern nicht versauern. Wenn sein Onkel Hans, der Rechtsanwalt in der Familie zu Besuch kam, fiel oft sein beliebtes Zitat: „Recht und Gerechtigkeit wohnen auch in unserem Sozial-Staat nicht im gleichen Haus." Heute am Gerichtstag war er mit der grünen Minna, dem luxuriösen Gefangenen-Transportbus, bereits am Gericht angekommen und betrat nun den fast noch leeren Verhandlungssaal. In zehn Minuten sollte nun die Sitzung beginnen. Leichtes Lampenfieber stieg in ihm auf. Die Staatsanwältin war bereits eingetroffen, hatte auch ihn ein wenig abschätzig gegrüßt nach dem Motto: Sind Sie etwa die „toxische Dreckschleuder?" Jetzt bemerkte Kohlhammer auch, dass in diesem Gerichtsraum zwei Laserdrucker auf einem Tisch standen, deren Hersteller wegen verstärktem toxischen Nano-Schwermetall-Partikel-Ausstoßes bereits in Presse, Fernsehen und Fachzeitschriften gerügt worden war. Diesen schmutzigen, giftigen Laserdruckern hatte er ja seine schweren Tonerstaub-Erkrankungen zu verdanken. Wut kam in ihm auf. Am liebsten hätte er Mühsam jetzt nochmals coram Publikum wirksam voll und bunt überstaubt. Pulvertoner war ja ausreichend in den zwei installierten Prozess-Raumdruckern vorhanden. Aber dann hätte doch der notwendige Prozess verschoben werden müssen. Nun aber war es soweit. Der Richter in schwarzer Robe, vermutlich gelangweilt humorlos, aber deutlich haarlos mit starker dunkler dickrahmiger Brille und strengem Blick eröffnete die Sitzung. Nach Prüfung der Personennamen und Anwesenheit der geladenen „Gäste" wandte er sich dem Angeklagten zu: „ Herr Kohlhammer, Sie wollen sich selbst verteidigen. Sie verzichten auf kundigen Rechtsbeistand inklusive Pflicht-Verteidiger. Na ja, Sie haben ja bei Ihrer Pulverattacke auch viel aufwendige Eigeninitiative gezeigt. Nun denn, Frau Staatsanwältin, verlesen Sie die Anklage." Mit hoher klar-piepsiger Stimme trug die Anklägerin die auf ihrer Vorlage skizzierten Fakten vor. Der Vortrag verlor etwas an Aggressivität, wenn sie an wenigen Stellen das Lispeln nicht verhindern konnte. Da huschte ja selbst mal ein Lächeln über des Richters strenge trockene Gesichtsausdrucksfalten. Leider konnte der hier Angeklagte, Heinrich Kohlhammer, von dieser scheinbar leicht entspannten Verhandlungsauflockerung partout nicht ein Quäntchen an Milde profitieren. Das Horoskop stand auf Verlieren:

„Am besagten Freitag kurz vor Feierabend hat Herr Kohlhammer den Unfall-Versicherungs-Angestellten Alouis Mühsam vermummt, heimtückisch, kaltschnäuzig, rachedurstig an seinem Arbeitsplatz überfallen, ihn mit einem Elektroschocker bedroht und ihn mit schwarzem Tonerstaub vollends eingesaut. Selbst in das aufgerissene Oberhemd und in die Unterwäsche hatte er das Schwarz- Pulver ausgiebig hineingeschüttet, ihn beschimpft und in übelster Weise verhöhnt, dass er dermaßen so eingesaut nicht mehr das Bordell aufsuchen dürfe. Heute sei für Mühsam der Feierabend nur noch Waschtag. Freitags sei das ja bei den deutschen Familien noch fast normal. Man soll nicht nur bei Amtshandlungen sauber sein, sondern auch durch gründliche Waschhygiene am eignen Körperlein: „Hast du einen Laserdrucker auf dem Amtsschreibtisch dumm rumstehen, das ist putzig, bist du umgehend wieder schmutzig!""
Herr Mühsam hat einen Nervenschock erlitten. Schwere Hustenanfälle und Sehstörungen, ätzende Hautausschläge und grässliche Horror-

Schlafstörungen und Alb-Träume mit grässlichen Kohlhammer-Tonerstaubattacken plagen ihn seitdem mehrmals wöchentlich. Somit stellt dieser perfide Angriff eine erhebliche, d. h. schwere Körperverletzung dar. Neben dem wohl eindeutigen Haus-Friedensbruch ist noch zu untersuchen, ob dieses Tonerpulver selbst gesundheitsschädlich ist. Meiner Kenntnis nach hat gerade das Bundesland Niedersachsen weit über 4000 angeblich gesundheitsschädigende Laserdrucker gegen neuwertige ungefährliche Tintenstrahl- und Geldrucker ausgetauscht. Verdächtige Krebserkrankungen und die Weigerung von einigen Angestellten, dort weiter an ihren alten gesundheitsgefährdenden Laserdruckern auszuharren, hatten wohl den Ausschlag für diese Entscheidung gebracht. Im Internet ist dieser Vorgang ausführlich beschrieben. Auch bei der Hamburger Polizei und in der Gießener Stadtverwaltung sind die umstrittenen Laserdrucker aus dem Verkehr gezogen worden. Sollte sich also dieser Tonerstaub als toxisch erweisen, handelt es sich bei dieser Attacke um einen schwerwiegenden giftigen Gesundheitsanschlag nach § 330aStGB, der wohl eine mehrjährige Haftstrafe abverlangt: „Schwere Gesundheitsgefährdung, verursacht durch das Freisetzen von Giften, nicht nur bei Vorsatz sondern auch bei Fahrlässigkeit oder Leichtfertigkeit wird durch diesen Paragraphen angemessen hart bestraft."

Nun hatte der Richter endlich das Wort: „Herr Kohlhammer, warum haben Sie eigentlich den Berufsunfall-Behördenmitarbeiter Alouis Mühsam derartig menschenunwürdig malträtiert und quasi mit Toner eingeschmiert? War es die Wut und Enttäuschung über die Ablehnung Ihres Berufsunfähigkeitsantrags? Herr Mühsam hat sicherlich die für sie harte und enttäuschende Entscheidung zu Papier gebracht. Am Entscheidungsprozess war er allerdings in keiner Weise beteiligt." Kohlhammer erwiderte: „ Herrn Mühsam habe ich durchaus nicht als Person überstaubt sondern als Vertreter einer arroganten verlogenen, ungerechten die klar nachgewiesene Gesundheits-Gefährdung verharmlosenden Organisation, die schwerkranke Menschen in gefährliche toxische Tonerstaub-Expositionen zwingt. Es war übrigens der genau gleiche Toner-Staub aus meinem ehemaligen Büro-Laserdrucker, mit dem Hersteller, Regierung inkl. Unfallbehörde mir meine Gesundheit und Existenz geraubt haben, in dem sie behaupten, dass Tonerstaub nicht geeignet sei, Krankheiten irgendwelcher Art zu erzeugen. Es sind die jahrelang heraus posaunten Lügen von Industrie und Unfallkassen, die permanent die Tonerstaub-Schwererkrankungen verleugnen. Es ist die niemals ernst entnazifizierte Unfall-Versicherung, die dieses niederträchtige Spiel seit Jahren an wehrlosen, kranken Einzel-Personen vor- und vollführt. Bei Daniel Trabalski „Die Ursprungsgenossenschaften der BG ETEM und die NS-Vergangenheit", Bochum 7. 2013 können sie lesen, wie nachlässig und leichtfertig die sog. BG-Entnazifierung ist gewesen! Diese Schwerkranken müssen bisher auf eigene Kosten nachweisen, dass sie schwertonerkrank sind. Sie müssen sich sogar in mehrfach stundenlangen Tonerstaub-Expositionsexperimenten auf deren Geheiß zusätzlich vergiften lassen. Wochenlange Ausfälle mit üblen schweren Krankheits-Symptomen vieler Tonergeschädigter sind mir bekannt. Mich haben sie bei dieser Exposition schwer geschädigt und unnötig diesen Qualen ausgesetzt. Eine gewisse Stiftung im Norden Deutschlands hat ca. 3500 Schwer- und Schwersttonerkranke in einer Datenbank gespeichert. Endkrankheiten übelster Art quälen sie: Parkinson, Krebs, Leukämie, Herz-Kreislaufentzündungen, Sepsis, COPD II, Lungen-Fibrose etc. vielfach mit grausamen Todesfolgen. Akut-Erkrankungen sind hier seltener. Langzeiteinwirkungen der Tonerstaubemissionen schaffen das Entzündungs-Potential für Abbau und Totalvernichtung der Gesundheit. Mir selbst hat auf diese Weise diese Laserdruckerdiktatur des Staates und der Industrie nicht nur meine Gesundheit und die Existenz geraubt sondern einen baldigen langsamen mit grausamem, schmerzreichem Siechtum verbundenen sicheren Tod beschert. Eine langjährige Haftstrafe werde ich mit Sicherheit vorzeitig per pseudonaturum exitum (urkundlich „natürlichen Tod") abbrechen und damit die Staatskosten minimieren. Wenn all das kein Schwerverbrechen ist, dann sollte man diesen sozial gerechten Staat umformatieren, der angeblich noch auf Humanitas-Wertvorstellungen aufgebaut ist? Wegen starken Nasen- und Zahnfleischbluten, Kieferschmerzen, üblen schmerzhaften mit Juckreiz verbundenen blutigen Hautausschlägen, COPD III und Lungenemphysem, Vaskulitis (Gefäßerkrankung), Tinnitus inklusive Drehschwindel, Schlaf-Störungen, Geschmacksnervenverlust, Polyneuropathie etc., die häufige längere Arbeitsausfälle mit sich brachten, musste ich meinen Arbeitsplatz räumen, da mein Firmenchef auf die zwei Laserdrucker in meinem Arbeitsraum nicht zu verzichten oder gegen Tintenstrahl- oder Gelkopierer umzutauschen bereit war. Auf die unnötige Krankheit namens Investitis wollte er, dieser kurzsichtige Kleingeist, doch noch verzichten. An den 3 Hochleistungskopierern und meinem alten Laserdrucker arbeitet zurzeit ein noch halbwegs gesunder Kollege! In solchem Chefgehirn ist wohl nur Stroh? Quo usque tandem - wie lange noch - befragte Catilina bereits der Cicero. Herr Mühsam, den ich über die wahren Gründe meiner Berufsunfähigkeitsablehnung befragte, hat mich am Telefon wie einen Untermenschen behandelt. Er hat sich fast wie ein Schinder-Hannes aufgeführt und mir die Sinnlosigkeit einer Sozialgerichtsklage vorgeführt. Wer nutzet dieses Instrument, der ist schon sehr früh an seinem End. Die meist sinnlos vergeudete Zeit durch die schneckenkriechähnliche Langsamkeit und Willkür der Prozessführung und die von der Politik willkürlich gesteuerte Schadensersatz-Verhinderungstendenz der Justiz erledigen die meisten der gesundheitsschwachen prozessierenden Tonerstauberkrankten fast regelmäßig behende weit vor dem Prozessende. Dieser verharmloste toxische Tonerstaub hat meine Gesundheit vernichtet, meine Existenz und Ehe zerstört. Da wird es doch wohl noch zu verstehen sein, wenn ich so einen arroganten, verlogenen Ekeltypen mal so richtig von Kopf bis Fuß pechschwarz ein- bzw. gründlich übertonere. Ich habe diese eigenwillige Prozedur auch zur Erhaltung der Volksgesundheit vollzogen. Denken Sie an die Millionen von täglich tonerstaubgefährdeten Laserdruckernutzern, für die auch Sie hier mitverantwortlich sind. Werte Frau Staatsanwältin, genau die Tonerstaubemissionen, diese gen- und zytotoxischen Nanoschwermetall-Partikel haben sich nicht nur nach meiner Leidenserfahrung sondern auch durch diese widerlichen Krankheitsbilder viel tausender Tonerstaubgeschädigter als äußerst gesundheits-gefährdend erwiesen.

Schicken Sie doch von der Tonerstauballianz unabhägige professionelle Toxikologen in die Werkstätten der Kopiertechniker oder in die ca. 25000 deutschen Copyshops und überprüfen Sie die Gesundheitsakten dieser Angestellten im Zeitraum von drei Jahrzehnten, seitdem es erst oder schon diese Laserdrucker- oder Kopiertechnik gibt. Dann werden Ihnen, d. h. den Verantwortlichen für saubere gesunde Atemluft die Haare steil zu Berge stehen und die Hosenbeine schlottern, wenn sie feststellen, wie viele Menschenleben Sie ins Unglück gestürzt und viel zu frühzeitig dem Gevatter Tod durch toxischen Tonerstaubbeschuss überantwortet haben. Viele redliche Wissenschaftler bestätigen dies. Herr Mühsam war für mich das passende Medium, diese bisher von Politik und Industrie fast stets unterdrückte Thematik öffentlich zu machen. Die Menschenfeindlichkeit der selbstgerechten, eitlen Mühsam-Behörde wollte ich durch meinen Bestäubungsakt anprangern. Die ehemaligen Bosse, die im Dritten Reich noch so voller Elan für die unmenschlich verbrecherische Judenentsorgung dieser Behörden sorgten, hatten sogar hämisch in einem Jahresbericht kritisiert, wie es heute noch in einem Protokoll zu lesen ist, dass die per Reichsrassegesetz entfernten bzw. noch rechtzeitig nach Großbritannien oder sonstwo geflüchteten Juden ja nicht mal ihre Jahresbeiträge beglichen hätten. (www.dguv.de/demediencenter/hintergrund/125_Jahre/nachkriegszeit/index.jsp) Herr Richter, was will man von so einer Organisation, die ja niemals ernsthaft entnazifiziert wurde, erwarten? Frau Staatsanwalt, Herr Richter, mich selbst schreckt Ihre mehrjährige Einladung in die mit schwedischen Gardinen ausgestattete Pension also nicht. Sie, d. h.

die Heilige Allianz von Staat und Industrie haben mich ja dankensweise soweit vorgeschädigt, dass ich die volle Dauer ihrer Einladung nicht mehr zu genießen brauche. Außerdem stinkt meine Zelle trotz perfektem Tagesputz doch stets nach alter Jauche. So ist es bedacht auf den kleinsten Nenner gebracht: Die Tonerstauballianz genießt Schlaraffia und agiert schon ähnlich wie die Mafia. Ein Teil der Tonerstauballianz, gewisse Tonerproduzenten fühlen sich vom Staat doch sehr geehrt, da er ihnen offensichtlich sogar wohl eine Fünfjahresschonzeit zur allmählichen Abschaffung von Tonerstaub-Schäden, d. h. in Klartext übersetzt, zum zunächst munteren Weitervergiften hat großzügig gewährt?" Der Richter holte tief Luft: „Das war für die Beweisaufnahme für heute mehr als genug. Herr, Kohlhammer, eine Straftat lässt sich leider nicht in eine Heldentat umwandeln. Sie haben Herrn Mühsam mit diesem Toner vorsätzlich überstaubt, obwohl sie aus eigener schmerzlicher Erfahrung wussten, in welche Krankheiten das Opfer gestürzt werden kann. Das ist keine hehre Gesinnung und hat keinen Anflug von Menschenfreundlichkeit. Ich vertage den Prozess auf den x. des kommenden Monats und erwarte entsprechende Gutachten aus dem Umweltwissenschaftsbereich von den zurzeit einschlägigen Tonerproduzenten und von der erwähnten Aufklärungs-Stiftung. Die Sitzung ist geschlossen. Herr Kohlhammer verbleibt noch in U-Haft zur Erholung sowie inneren Friedensfindung und zu seinem eigenen Schutz, damit keine weiteren schwarzen Überstaubungen vermeintlicher Unsympathen oder Ekel-Typen durch ihn stattfinden. Die Laserdrucker, die sich hier im Gerichtssaal befinden, müssen aus dem Gerichtssaal entfernt werden.

Bleibt der Richter nicht gesund, gibt's Chaos viel im Erdenrund! Meinen Laserdrucker im Schlafzimmer zuhause den schmeiß ich bald weg oder schenk ihn Herrn Brause! Ich hab ja auch mit eigenen Augen gesehen, dass diese hochgradig potentiellen Krankmacher ja eigens in separaten zügig belüfteten Bundesbehörden-Räumen stehen. Wird so ein Raum klimatisiert, ist die gerechte gleichmäßige Toxi-Tonerstaubverteilung unter die Laserdruckernutzer bestens garantiert. Häufig ist diese Idiotie noch schön zu sehen, wenn sich in fast fensterlosen Räumen große Deckenventilatoren über den Köpfen der Kopierer-Nutzer schnell und hurtig drehen! Wer gerade das nicht glaubt und spuckt nur Schleim, der fahr z. B. doch kurz mal nach Frankfurt-Bockenheim!" Belustigt räuspert sich oft meine alte Nachbarin Rutine-Karline Gall: Diese Idiotie findet man doch wohl in Deutschland fast noch überall! Manche finden das ja gar nicht so schlecht. Die Ventilatoren verteilen wenigstens so die vielfältig komplex noxen Schadstoffe an alle gleichmäßig & gerecht. Fast vergessen! Noch ein faules Ei: Manche technikbegeisterte Tonerstaubunkundige frühstücken noch fröhlich dabei!"

Immunsystemfeindliche Untersuchungshaft, Erstickungstod, Endstationsausblick, kommentiert zum Schluss durch den Pontifex Maximus Simon Petrus

Eine weitere Sitzung zwecks Rechtsklärung oder Prozessentscheidung fand somit ja nicht mehr statt. Die in der ersten und letzten Sitzung in vorherseherischer Delphi-Orakel-Art geäußerten Schicksalsprognosen traten bereits schon in der U-Haft ein. Dieser Herr Kohlhammer hatte sich in seiner kalten und feuchten Zelle bei durchschnittlicher ungesunder arachidon gespickter Fleisch- und Wurst-Versorgung ohne jegliches Obst, Salat, Zwiebeln, Knoblauch, Kalmegh und kaum Gemüse sein Immunsystem totaliter in den Keller gefahren. Seine diversen lebensnotwendigen Medikamente und die wenigen immunverstärkenden Nahrungs-Ergänzungs-Mittel waren schnell zur Neige gegangen. Die notwendige ärztliche Haftversorgung und -Überprüfung hatte bisher auf sich warten lassen. Heinrich Kohlhammer zog sich zusätzlich zu seiner COPD III noch eine schwere Bronchitis zu, was schließlich zur Lungenentzündung kulminierte, was eigentlich medizinisch bei besserer U-Haftorganisation für Menschen, für die eigentlich bis Prozessende noch die Unschuldsvermutung gelten soll, sehr leicht zu verhindern gewesen wäre: Er erstickte nachts an seinem eigenem Schleim. So starb er hilflos unbeachtet im feuchten, finsteren, kalten Bau und nicht daheim. Auf diesem amtlichen Toten-Schein vom Prof. Dr. Hilmar-Ludwig Pampf stand natürlich nur der letzte kurze prozessbefreiende Endkrampf: Herzstillstand nach Erstickungstod. Die Tonerstaubursache der Erkrankung war mal wieder erfolgreich wirksam ausgeblendet. Er ist nach seinem kurzem Arztbericht als 0815-Fall geendet: Einerlei, es ist vorbei. Im Riesen-Toten-Aktenheer eine Seite mehr.

Verständlich, denn meist hat ein Gefängnisarzt für eine genauere Analyse weder Zeit noch ausreichende Kenntnisse. Nach 14 Tagen fand die Trauerfeier statt und die Überführung auf den städtischen Friedhof.

Heinrichs letzten Wunsch hatte seine Frau erfüllt. Er war nun, so tröstete sie sich, von seinem schweren Leiden und unerträglichen Stress sowie diesem bereits erwähnten tausendseitigem Horror-Kochbuch erlöst worden. Auf seinem Grabstein prangt ein kurzer deutlicher Schriftzug in Blattgold. Nach dem Namen, Geburts- sowie Todestag: „Der von der Unfall -Versicherung verharmloste Tonerstaub erwies sich als Gesundheitsraub. Er kostete mir zu früh das Leben, eben. Durch Schicksal, Los, fatum oder Kismet zu sterben ist ja ganz normal! Durch die Tonerstauballianz mitvergiftet eine horrend elendige, fast unverzeihliche Qual. Darum muss gleichfalls auch wohl in den Bau scheunigst die UFV. Dass ich nicht lache, Rache ist nur des Staates Sache? Dabei gehen, sagt jede lebenserfahrene Maus, solche Übeltäter nach jeder Untat, nach jedem Prozess stets straffrei nach Haus und lachen dann die Opfer schadenfroh, genüsslich aus.“

Der Richter kommentierte die unerwartete plötzliche Prozesseinstellung mit der knappen Bemerkung: „ Hoffentlich bleibt mir in Zukunft ein derartiger schmutziger, komplexer Fall erspart.“ Die sehr trickreichen Anwälte der Unfallgenossenschaft überlegen, ob sie diese unfreundliche Grabesinschrift nicht ausstanzen lassen sollen. Ihnen behagt diese dann leicht als Leichenfledderei auszulegende End-Maßnahme wohl aber auch nicht so richtig. Auch der entsprechende Tonerproduzent ist sich noch unschlüssig in diesem Punkt. Immerhin hat die Staatsanwaltschaft noch Tonerproben aus der durchgeschwärzten Biedermann-Unterhose des Herrn Mühsam genommen. Bei einer Laborüberprüfung könnte der Schuss leicht auch nach hinten losgehen. Die bekannte norddeutsche Stiftung zur Aufklärung von Tonerstaubgefahren konnte einen toten Tonererkrankten mehr in ihre Statistik aufnehmen. Sie muss weiterkämpfen, da auch dieser Prozess keine Aufklärung und für die Tonerkranken keine Hilfe bezüglich ihrer Arbeitsunfähigkeits-Anerkennung brachte. Der Sisyphos wurde wieder munter. Der Tonerfelsblock rollte wieder runter. Aus Herrn Mühsam ist ein Nervenbündel geworden. Er ist noch immer schwer traumatisiert. Nachts träumt er oft von der kohlhammerschen Tonerstaubattacke. Henricus Kohlhammer schwebt dann oft als grässlicher Langdolchzahn-Vampir ein und raunt ihm zu: „Du wohnst zwar in Hessen, hast heut wieder mal die fünf Zehen Knoblauch ganz vergessen. Du kleiner Winzling, kleiner Wicht, Dein Bärlauch reicht halt eben nicht." Inzwischen treten bei Mühsam nach der Erledigung von größeren Kopier-Aufträgen fast die gleichen Symptome auf wie bei Kohlhammer, genau, wie dieser sie in seinem Arbeitsunfähigkeitsantrag ausführlich beschreibt. Kohlhammer ist ihm wieder im Traum erschienen und hat ihm geraten, jetzt schon mal ein Dutzend Sets von Schießer-Unterwäsche einzukaufen, da diese nachweislich bei den häufigen Waschgängen merklich länger hält. Schließlich würde er bei jeder erneuten Antragsablehnung frisch überpulvert werden, das nächste Mal wohl auch in Bunt. Bei jeder neuen Drohung wächst nochmals die Verrohung.

Kohlhammer hat wohl noch Glück gehabt, da er laut eigener mühsamscher Traum-Aussage im Fege-Feuer in einem Mega-Copyshop täglich Gross-Kopier-Aufträge akribisch abarbeiten muss. Aber im Gegensatz zu Tantalos und Sysiphos, den Übeltätern der Altgriechischen Mythologie, ist er irgendwann mal von dieser staubigen Schufterei erlöst. In der Hölle wäre es wohl ein ewiger Drecks-Dauer-Job gewesen, da ja gerade dort die meisten berühmten und berüchtigten Kanzleien der irdischen Welt ihre Heimstatt gefunden haben? Jeder üble Schurke weiß, Qualität hat ihren **heißen** Preis.

Nach immer häufigerem Krankenstand hat Herrn Mühsam sein ehrgeiziger Abteilungsleiter dringend nahegelegt, baldigst Pensionsempfänger zu werden. Er ist wie sein nie ernsthaft wirksam entnazifizierter großer Vorgänger und langjähriger unumstrittener Leiter dieser allseits bekannten und vielfach wohl nicht zu Unrecht bös beschimpften Behörde der Meinung: „Unsere Behörde muss weitgehend weicheierfrei bleiben. Glücklicherweise laufen ja die Sozialgerichts-Prozesse nicht nur beim Thema Tonerstaub derart lange, dass die meisten Kläger vor Prozessende das Zeitliche segnen. So wird wenigstens noch der Status Quo, ähnlich wie im Kalten Krieg erlebt, gewahrt. Dann bleibt uns die Qualität dieses unseres Staates erhalten und unsere wichtigen Arbeitsplätze mit leistungsgerechter Bezahlung auch. Wir müssen natürlich wachsam sein und die Tonerstaubbeutelattentäter weiterhin wirksam bekämpfen. Dafür brauchen wir auch einen starken zuverlässigen 1a-Sicherheitsdienst gegen diese widerlichen Tonerstaubübergriffe. Auf dem Mühsam-Platz ist nun ein im Körperkampf erprobter Mann, den man so nicht überstäuben kann. Wer es da versucht, ist übel dran.

Kohlhammer liegt jetzt unterm Eichenbaum. Dem Mühsam erscheint er noch im Traum. Dass er unsere Behörde wieder attackiert, das glaub ich wohl kaum. Es gibt zwar immer Toner-Krankheits-Simulanten voller Wut. Doch wer hat jetzt wohl schon zur erneuten Tonerattacke nochmals Mut? Es gibt aber nichts, was es nicht gibt" bemerkte der Totengräber, der gerade den Sarg, in dem erst der Falsche lag, wieder mit Erde zu schippt."

Bei einer der vielen Beileidsbekundungen der Nachbarn erzählte Frau Rita-Bernadette Kohlhammer oft: „Leider hat mein geliebt verflossener Heinrich nicht mehr mit bekommen, dass sein HNO-Arzt, ich meine den Wüterich, der meinen tonerkranken Mann aus seiner Praxis verbannt hat, dass dieser ge- und entnervte Doktor seine Praxis so plötzlich aufgegeben hat. Ein Vollmediziner und gleichzeitiger Toxikologe praktiziert jetzt in diesen tonerstaubfreien Klammer-Pfeilhammer-Räumen. Die beiden durchaus netten sowie adretten kompetenten Arzthelferinnen hat er gerne beim ersten Anblick übernommen. Die beiden Laserdrucker hat er sofort abgeschafft und durch unbedenkliche Gel-Drucker ersetzt. Als die Arzthelferinnen ihrem neuen Chef die Kohlhammerstory erzählten, hat er lakonisch kurz erwidert: Der Kollege war überfordert und hatte keine Zeit, sich mit diesen lauernden zunehmenden Umweltgefahren zu befassen. Ohne meine gründliche Toxikologie-Ausbildung in den Staaten wäre ich in die gleiche Unwissenheitsfalle gelaufen. Das erfahrene Tonerstaubopfer Henricus Kohlhammer war dem werten Kollegen wissensmäßig hier weit überlegen. Eine Tonerattacke verstößt zwar gegen die Strafprozessordnung, aber das tun doch die Hersteller, die verschiedenen dafür zuständigen staatlichen Behörden etc. in noch viel größerem Maße? Sie sind an sich die wahren Urheber dieser wohl kriminellen Misere?" Frau Kohlhammers abschließenden Worte: „Die Praxis des sympathischen Toxikologen ist immer randvoll. Der Warteraumbereich wird gerade um die Hälfte erweitert. Die ständige Lobpreis-Mundpropaganda, dass seine Arztpraxis eine der sehr wenigen ist, wo man im Eingangs-Bereich oder im Warteraum nicht zusätzlich unentgeltlich mit toxischen Tonerstaub-Partikeln in solch widerwärtige Krankheiten geschossen wird, hat viele Patienten gefunden und entsprechend überzeugt. Allerdings sitzen die meisten Politiker anscheinend immer noch ganz dumm um den großen Tisch herum. Die Wahrheit ist ihnen wohl zu teuer? Sie wissen nicht mal, warum der Berliner, den sie oft hastig zum Frühstück reinstopfen, Berliner heißt. Tja, weil man da seinen Mund weit aufreißen muss. Das können die meisten Politiker viel besser als die einheimischen Berliner. Nur die Tatkraft ersterer bleibt zu klein, das sehen sie nur niemals ein. Sie haben selbst zugelassen, dass von einer sehr angesehenen Testfirma nach Prüfung einiger modernen Laserdrucker einige zehntausend einseitig mit gen- und zytotoxischen Tonerstaub bedruckte Testkopien an Kleinkinder in Kitas verteilt wurden. Welch tolle Intelligenzbolzen! Und ich sage stets sofort laut: Ein Scheißkerl ist, wer Kinder mit Toner einsaut! Sie wollten wohl den Kleinen die Gesundheit rauben, kaum zu glauben, kaum zu glauben?"

„Als letztes tun wir kund: Herr Kohlhammer ist nicht mehr im Erdenrund. Beim Eingang in die Himmelspforte gebrauchte ich, der Petrus, diese klaren Worte: „Du hast da unten viel Gutes gemacht, aber auch einigen Mist, selbst noch als Tonerspezialist. Deine Argumente waren

nicht schlecht, nur Gewalt ist niemals recht. Das professionelle Überstäuben von Mühsam war für Dich teuer. Jetzt musst Du auch dafür
noch ins Fegefeuer. Täglich musst Du alle, die auf Erden vergiften
ließen und vergiftet haben mit schwarz-buntem Toxi-Pulver gründlich laben. Abends musst Du, da muss ich mal lauthals lachen, alle
wieder piekfein sauber machen. Mit Ajax, General, Viss, Frosch und
Buttermilch, kriegst Du das hin, Du alter Knilch. Unter Deinen Kunden, die Du dann geschunden und gemacht auch wieder rein, werden
auch viele Deiner irdischen Peiniger sein. Kannst Du Schadenfreude
dann vermeiden, wirst Du nicht so lange leiden. Mühsam ist von dieser
Tortur befreit, er hat schon gelitten zur Erdenzeit. Deine Patienten dürfen dann erst gehen, wenn sie beginnen einzusehen, dass da unten Tonerstaub war doch übler Gesundheitsraub! Bei Deiner überaus hohen
Zahl an Spezial-Patienten triffst Du von Zeit zu Zeit auch mal einen
Prominenten. Denen liegst Du bitte nicht zu Füßen. Ist es ein Kanzler,
den darfst Du nur kopfnickend grüßen. Sie müssen im gleichen Maße
genau wie die anderen durchgängig barfüßig büßen. Bestäubung und
Buttermilchkur läuft hier genau wie bei den andern exakt nach der
gleichen Uhr. Sind keine toxischen Laserdrucker und Kopierer mehr im
irdischen Lauf, lösen wir irgendwann den ganzen Schmutz-Laden hier
auf. Kohlhammer, Gute Nacht, Dein Job hier beginnt morgen um fünf,
nicht erst um acht. Und letztmalig muss ich jetzt lachen, bis besagte
Kartoffelsuppen-Spezialköchin auch hier oben ist, musst Du Deine
Kartoffelsuppe mittags noch selber machen. Sei nicht traurig und schau
nicht dumm rum, ein Zehntel der Fegefeuer-Zeit ist bereits bei der Er-

öffnung des Berliner Flughafens schon rum. Da er nicht mehr erbaut zur geplanten Eröffnungs-Zeit, wird er dann wohl heißen Cunctator-Wowereit? Vermutlich wird Präsident Putin der erste sein, der bei der nächsten NGO- Prüfung kassiert toxische Laserdrucker gebührenpflichtig ein. Den westlichen toxischen Teufels-Dreck, den will er nicht. Das sagt er der Kanzlerin und anderen direkt ins Gesicht. Vielleicht hat das dann bald mal auch auf Erden noch etwas mehr Gewicht! Kopierwütige Juristen aus Mammut-Kanzleien mit Schwerpunkt Scheidungsprofit lassen wir zu uns ja gar nicht erst rein. Im Gegensatz zu Deinem Lauf hört deren Permanentbüßerjob nie, ja niemals auf. Vor allem die verstockten Leugner von Tonerstaubgefahren werden wir vor Strafe nicht bewahren, es sei denn, sie beichten und büßen gewaltig nachhaltig noch vor dem Abgang auf die Totenbahren! Das waren alle üble Burschen, böse Ferkel, wird demütig wohl anerkennen nach klarem Durchblick auch die Frau Merkel? Sie kann ja nicht nur vorzüglich 1A verwalten, sondern im Notfall blitzartig rechtzeitig um 180° noch mal umschalten.

Auch Kohlhammers Witwe ist nun ganz frei vom Tonergejammer und Tonergeschrei. Der geile Nachbar Ulpius-Vitruvius Meier ist bereits ihr nächster Freier, und wie er sich gebärdet, ist er nicht mal tonerstaubgefährdet. Was der im Gegensatz zu ihrem Heinrich-Mann noch alles, selbst nicht nur im Bette leisten kann. Bei den allseits Gefährdeten ist bis heut in diesem Mai die Tonerstaub-Gefährdung noch lange nicht vorbei! Das zieht sich noch über Jahre hin nicht nur zwischen Berlin, London, Paris, New-York, Moskau, Peking und Wien! Selbst im Wohnungsamt am Main schießen sich täglich die toxischen Schwermetall-

Nanopartikel auf die bereits geschwächten Atem-Wegs-Organe so mancher städtischen Aufsichtskraft nicht ohne noxe Wirkung ein. Der Verwaltung fehlt das nötige Wissen oder immer öfter das Gewissen? Die entsprechenden Kranken sollen sich bei der „verständnisvollen Berufsgenossenschaft" entsprechend mal bedanken. Dort steht der Kübel mit dem Übel? Kohlhammer hatte diesen Mut. Vor ihm zieh ich den Mitra-Hut. Der Erfinder der Elektrofotographie - das vermutet man nie -, dem man noch heute weltweit große Ehre zollt, hat diese Tonerstaubgefährdung selbst ja nie gewollt. Vielleicht hat er sich den tödlichen Schlaganfall vom Tonerstaub der ersten erfolgreichen von ihm selbst generierten 914-Xerox-Kopierer-Generation bereits geholt? Damals wusste man noch nicht, dass die Tonerstaubpatrone nichts anderes als eine heimtückische Pandora-Büchse war, heute wollen viele ihrer Vertreiber sowie die staatlichen Umweltbehörden es nicht wissen, denn sie haben schon viel zu viele Tonerkranken und -toten seit langem auf dem bereits abgeschalteten Gewissen? Die Öffentlichkeit wird schon wieder mal wie so oft manipuliert und angeschmiert? Das lernte der Mensch bereits von der Pieke schon in der Antike. Irdische Gerechtigkeit gibt's da unten ja nicht, die letzte Instanz ist aber hier oben das Jüngste Gericht, wo werden sicherlich geladen speziell auch viele prominente Winkeladvokaten. Da fragt die Maus wieder mal die Laus: „Gehen dann dort diesen gesetzeslückenkundigen Promis doch mal die Argumente aus?" Die Laus entgegnet: „Selbst die Letten würden auf solch eine Utopie nicht wetten."

Wenn's mal Tonerstaub dann schneit, werden trotzdem nicht alle Leut gescheit. Die Lüge ist halt eingebläut! Doch nur gerettet wird, wer noch zur rechten Zeit bereut. Das ist kein Stuss. Das verkündeten bereits Markus 13,32, Johannes 2,18 und Matthäus 24,3. Wer den Inhalt noch nicht kennt und sich interessiert, wie das gewesen, soll gefälligst selbst nachlesen. Der alte Gutenberg war damals schon kein Gartenzwerg. Im Gegensatz zum Theodor brachte er trotz Frust durch seinen rüden Teilhaber Jura-Rust noch schöne, echte, tonerstaubfreie Kunstwerke hervor. Schließlich ist die Bibel immer noch ein bekanntes Werk und die meist gedruckte Fibel. Und selbst der Linke Rammeloh wird durch dieses Buch noch froh: Durch Großmutsgüte an zwei Stasi-Viren wird der Landtag wohl noch nicht einfrieren. Selbst Frau Fahimi ließ es ja verkünden. Sie vergab diesen Häschern ihre Sünden. Wer weiß, vielleicht ist sie die nächste Kandidatin für den Frankfurt-Friedenspreis? Hoffentlich verschont sie bis dahin mit Verlaub der Gesundheitsraub durch Tonerstaub? Das Kehren mit dem Brocken-Hexenbesen reicht dann wohl nicht aus, um auf Erden noch zeitnah zu genesen. Praktische effektive Hilfe zur Wiedererlangung vom gesundheitlichen Wohl findet sie sie wohl nur noch bei Nanocontrol. Dann tauscht sie, das könnte ja sein, Aggressivität durch Gelassenheit und Pietät auch mal ein und erkennt, dass man ja zur Wahrheit kommt nicht nur durch Wein. Da könnten selbst die Römer bei uns im Himmel und anderswo noch neidisch sein. In vino veritas war dann wohl nur ein eitler Konsuln- und Senatoren-Spaß! Außerdem dabei war im Becher stets zu viel vom Blei. Das macht einfältig bis blöd und ist im Toner auch zu oft dabei. Good bye!

In Hannovers Cebit-Messehallen da sah man ab den achtziger, neunziger Jahren hunderte Kopierer und Laserdrucker" gleichzeitig arbeiten und stehen. Deutlich in diesem Nano-Schwermetall-Tonerstaub war oftmals die nur ein wenig kritikimpotente gierige Elite Deutschlands zu sehen? Sie dachten nur an Kohle und übersahen nicht zum Deutschen Wohle schon damals, dass Tonerstaub bewirkt auf Dauer irreversiblen Gesundheitsraub. Die Besucher saßen auf Ständen, an Tischen mit Fächern meist auf Dächern, auf Stühlen und Bänken und labten sich an toxi-tonergewürzten Speisen und Getränken. Durch Vorführungen und mit Geschenken ließen sie sich oft einlullen und zu langfristigen Toxitoner-Staubgeräte-Abschlüssen lenken. Da bei der Kanzlerin-Eröffnung und durch die Hallen in ihrem Lauf fiel dieses eindeutige Umweltverbrechen nicht mal dieser hohen Amtsperson auf. Die gleiche Chose wie ein paar Jahre früher bei der Asbestose. Die mächtigste Politikerin war ja hastig eilend, nicht oder nur kaum weilend, nur unter kurzem Nanopartikel-Beschuss. Denn sie machte nach Ihrem Rundgang bereits Messe-Schluss. Sie blieb wohl noch schadlos in diesem Rahmen? Im Kanzleramt gibt sie fein acht. Sie hat dort ein noch intaktes Opferlamm, das die Kopien da macht? Hat sich in x Jahren die Tonerstaubindustrie von den toxischen Dreckschleudern verabschiedet und gibt es dann keine Tonerstaubkranken und -toten mehr, ja erst dann verkündet vielleicht die Kanzlerin hehr: Die Tonerstaubgefahr ist jetzt endlich total vorbei. Wir haben viele Fehler gemacht und alles wieder in Ordnung gebracht.

Wir gedenken der Tonerstaubtoten und -kranken und möchten uns nachträglich für ihr Verständnis bedanken. Ihr seid wirklich nicht zu beneiden, aber immerhin konnten wir gerechtfertigte Schadens-Ersatz-Forderungen vermeiden. Meine Schuld, Mea culpa ist es nicht, wessen entscheidet wohl dereinst am Sankt-Nimmerleinstag das Jüngste Gericht. Vielleicht hat der Blaue Engel uns angelogen oder betrogen? Aus meiner Sicht war's wohl der irdische Erzengel in diesem Falle wohl nicht. Er ist meistens bei der Wahrheit geblieben und hat meines Wissens auch noch kein Plagiat geschrieben. Ehrendoktorate wird er noch x-fach kriegen. Das scheint ihm vollends zu genügen. Sein weißes Hemd und sein liebes, volles Gesicht waren stets glatt und schön, habe nie irgendwo da Tonerflecken gesehen. Dabei zieht der kleine, korpulente Mann wohl nicht jeden Tag ein neues an, die schwarze 0 spornt ihn wohl an?" Auch jenseits von Eden, weiß jeder, der Herr Schäuble beeinflusst irgendwie jeden. Stets voller Energie. Warum? Tonerstaub beschnuppert im Gegensatz zu Kommissar Ruppert er wohl selbst ja auch nie? Stets effektiv ohne den deprimierenden suppressiven Tonerstaubmief. Und unser alter Konrad im Himmel, der lacht: „Warum hat meine sonst so kluge Partei ihn, den klaren besten Kopf, den nicht tonerstaubverseuchten, nicht schon mal zum Kanzler gemacht? Es wär doch noch gegangen. Ich hab auch spät erst angefangen. Trotz Klapper-Alter und das erst zu spät Begonnen hab ich den Deutschen Bedeutungs-Politikerwettbewerb doch haushoch noch als die klare Nr. 1 gewonnen."

„Nach diesem hochsinnigen Schmus und fragwürdigem Genuss, noch ein letzter inniger Gruß. Es grüßt jetzt noch Simon Petrus, ihr kennt doch noch meinen apostolischen Namen? Ich war doch der erste lang, lang vor Linus, Calixt, Anaklet, Bonifaz, Felix, Eugen, Zacharias, Hadrian, Sylvester, Leo, Gregor, Victor, Clemens, Sixtus, Stephan, Urban, Alexander, Julius, Honorius, Paschalis, Pius, Johannes, Paul, Benedictus und Franziskus und die da noch kommen, Amen! Und alle, die ihn noch kennen aus Limburgs Bistum sei gesagt, Franz Tebarz liegt auch noch markant im Rennen. Was er teuer gebaut zu Gottes Ehren wird seinen Ruhm auf Erden stets vermehren, weil, was er stabil erbaut nicht so schnell verfällt und lange seine Attraktion behält. Fast all die Touristen wollen nicht von Limburg gehen, bevor sie nicht den Stabilo-Tebarz-Bau gesehen. So hält dieser Mann doch recht stark Limburgs Touristen irgendwie in seinem Bann. Keiner rehabilitiert ihn schon. Der Undank ist der Welten Lohn.

Würzburgs Fürstbischöfe wie z. B. die Schönborns etc. machten es vor: Bauen zu Gottes Ruhm und Ehre, wer das anders sieht, ist ein Nörgler oder gar ein einfältig Tor. Weil er stets zu viel redet und zu viel spricht kann der Herr Schönenborn aus dem Fernsehen natürlich sowas wohl nicht? Das ist nicht schlimm. Dafür zeigt er immer viel Benimm. Wer seine Frau als alte Kathedrale beschimpft und ausruft, hat 0 Ahnung von Kunstgeschichte und ist ein alberner Drecksbeutel oder ein elendig Schuft. Bischof Tebarz konnte in seinem Büro stets die Gläubigen vom Druckskopierer oder -Drucker sauber trennen. Das Gefahren-Potential schien partout er zu kennen. Insofern kann man ihn einen guten Hirten nennen. Wer wegen dieses Bischofs aus der Kirche austritt, ist im Geiste nicht mehr ganz fit. Im günstigsten Falle verlängert dann Ersparte Kirchensteuer nicht kurzweilig das Fegefeuer. Selbst auf Erden wäre heuer solche Milchmädchen-Rechnung viel zu teuer. Denkt an den in der Bibel beschriebenen reichen Tor, der für seine „gesicherte" Zukunft x Getreidescheunen baute und in der gleichen Nacht noch sein Leben verlor. Nun, Ihr lieben Schwestern und Brüder, beruhigt jetzt mal doch eure Gemüter, bald sehen wir uns doch hier oben tonerstaubfrei hoffentlich bald wieder?

Tonerstaub-Erkrankte sollten keine See-Bestattung machen, sonst haben dann erst die omega 3-haltigen Fische, später ihre auf Vegetarisch stehenden Verspeiser nichts zu lachen. Der Vergiftungs-Kreislauf hört halt in seinem Lauf hier noch lange nicht auf." Die Wirkung wird verstärkt, wenn das tolle Essen wird gebracht mit silberner Alufolie zugemacht. Ist da etwa Sauerkraut oder was Basisches als Beilage dabei, dann wird die Toxizität im Nu ganz frei und durch das Herauslösen der Giftstoffe und Vermischung mit dem tonerhaltigem auch quecksilberhaltigen Fisch in ungeahnte Höhen gebracht. Und im Gebiss das Amalgam, das macht mit, es ist nicht lahm. Synergismus vom feinsten, Gute Nacht! Blöd ist, wer dabei noch lacht. Dem wird das Lachen noch vergehen. Wir werden es in Bälde sehen. Hier gibt es für reuige Toner-Staubsünder nach dem Reinigungsprozess im Fegefeuer auch ewigen Urlaub vom Tonerstaub. Für Widerspenstige nicht, denen weht der Tonerdreck dann ewig ins Gesicht. Das sieht dann aus selbst bei Mycle wie bei einem Kumpel direkt aus dem Bergbauschacht von Wanne-

Eickel. Als ich da das erste Mal dieses Schauspiel sah, war ich ganz benommen und dachte, der könnte auch gerade aus Afrika kommen. Mein Gedächtnis hatte etwas gelahmt. Dabei waren das einst die Tonerstaub-Vergiftungsmitverursacher aus dem Bundesumweltamt. Im Nu sind sie jedes Mal ganz schnell so schwarz wie vor Jahren noch die CDU. Hell wirkt sodann ganz grell. Erst nach Kohlhammers Buttermilchkur am Abend erkennt man diese bald schon etwas geläuterten Brüder deutlich unverwechselbar wieder. Abends sind sie dann wohl noch heiter. Die Büßer-Tortur geht erst am nächsten Morgen weiter. Auf Wolke 17 läuft in etwa so die gleiche Chose für die Verursacher und Leugner der Krebsasbestose. Der letzte Witz da unten auf Erden: Es gibt keinen Unterschied zwischen BG und Augiasstall: beide müssen ausgemistet werden. Herkules spricht: ich bin doch nicht dumm, ich zieh mich für diese „eitlen, edlen" Anzugsträger doch nicht noch mal um. Kein vernunftbegabter Mensch nimmt mir das krumm. Schade sagt Wendelin zu Wumm. Immerhin kam jetzt beim Lesen des Krimis zutage, dass ein hochdotiertes Gutachten nach Aktenlage für die BG oder anderswo ist auf Erden vor orten oft nur ein simples Plagiat mit anderen Worten! Das ist doch ganz apart. Schweiß und Mühe werden eingespart. Man spielt allein in der Zeit dann lieber Dart! Man wär noch lieber beim Skat dabei. Dafür braucht man aber drei. In einer solchen großen Gutachterkanzlei wären mit Sicherheit drei Skatbrüder dabei? Sind diese drei tonerstaubgeschädigt, hat sich ein intelligentes Spiel dann wohl auch erledigt. Sie sind meistens wohl schon erheblich vorgeschädigt. Sie waren alle drei real bei der Schweinegrippeimpfung voll dabei, voller Elan und holten von da sich die Neurolepsie heran. Seitdem arbeiten sie nur noch im Halbschlaf, im Tran. So sollte es nicht sein: Sie schlafen immer während des Laserdruck-Kopierens ein. Das Gute ist dann am Tran: Der Feierabend kommt schnell heran. Und die unfertigen Gutachten müssen im tonerstaubgeschwängerten Büro ein paar Tage länger übernachten. Ein zu schnell zurückgeschicktes Gutachten haftet der Makel an: Er ist nur oberflächlich eingestiegen und war nur ein paar Minuten dran: Das Nein ist doch bereits festgesetzt. Drum wird auch heut nicht mehr zu arg gehetzt. Vor dem Ärger, vor der Plag, heute hat dann das „Toneropfer nochmals vor dem Psycho-Niederschlag einen vollen ganzen Ruhetag.

Selbst der Meister der Diplomatie, euer derzeitiger Außenminister, der hetzt nie: Liegt der Fortschritt noch im Graben, sagt er fast immer, jedes Ding will Weile haben. Ein Aal windet sich auch stets genial im schmutzigen Fluss oder im verschlammten Kanal. Anders wäre es ja auch banal. Ist er allerdings tonerstaubkontaminiert, baut er ab und macht schlapp. Vielleicht kommt auch dieser Fisch noch auf einen Mittagstisch. Dann habt ihr das Quecksilber nicht nur im Thermometer, in der Lampe sondern auch zusätzlich in der eignen Wampe. Fast jede Arzt-Diagnose bezüglich des über die Maßen überforderten Immunsystems geht dann wohl fast immer in die Hose? Du fällst erst wieder auf die Füße nach einer professionellen Haaranalyse. Dein toxisches Schwer-Metallpolster stammt natürlich vorwiegend aus der Kopierer-Cooler-Abluft-Düse. Schnell entgiften im Sauseschritt, sonst wirst Du nie mehr fit! Und irgendwann viel zu früh steht vor der Tür der Sense-

Mann. Klar ist sein Kommentar: Wer nicht auf Petrus' Worte hört, ist von Haus aus blöd oder im Kopf gestört. Da fällt mir ein: Das könnte ja auch noch von der Weizenallergie sein. Die dritte Möglichkeit: total tonerstaub-kontaminiert aus Unwissenheit und Überheblichkeit. Ungeachtet dessen, nicht nur in Hessen, freut sich bisher im fast ungetrübt und total ungehemmt nano-toxipartikel-beschwingtem Profitgruppenschweinetanz noch geraume Zeit die stabile, protzige, trotzige Tonerstaub-Allianz? Den schlimmsten Ausfall, den ich sah, geht mir heute noch sehr nah: im tonerstaub-verseuchten Copyshop beim Reparieren sah ich einen Techniker etwas Neues ausprobieren. Es war wieder mal nicht nur in Hessen. Er hatte mal wieder den neuen Toneraustauschbeutel als Ersatz für den bereits übervollen Alttonerstaubbeutel angeblich wegen Oxidativer Stressüberlastung durch die zu vielen aufoktroyierten Tageskunden im Material-Lager nur vergessen. So kippte er den Tonerstaub lässig und schwadenreich auf das am Boden liegende Frankfurter Tageblatt gleich. Das Tonerschwaden-Sehen in der Sonne war für ihn keine unbekannte Wonne. Die da schon raunten. Ist das nicht gefährlich? denen entgegnete er lächelnd: Sterben müssen wir doch eh mal, ich bin doch nur ehrlich. Den alten leeren verdreckten Tonerkarton passte er geschickt in das Gerät wieder ein. Der Copyshop und der Kopierer wird jetzt wohl ein wenig verschmutzter sein. Er schüttelte gemächlich seine Mähne. Wo gehobelt wird, fallen halt auch mal Späne. Ein Weg gespart, endlich Zeit auch mal so fürs Klo bei Mac gleich hier am Eck, doch ganz apart. Bei dem Gehalt, wer es bewusst anders macht, der ist ja völlig durchgeknallt. Wenn er abends erledigt, hundemüde, erschöpft, ungeduscht fällt dann in's Bett, sagt er: Es geht halt ja nicht anders, Scheiß drauf, Kismet! Derartige Tonerstaubkontaminierte haben grundsätzlich keine Zeit und machen sich folglich auch kaum Gedanken, dass er selbst und seine Kunden durch diese seine Schlamperei können bös und widerlich erkranken. Der Anblick solcher Kranken ist partout nicht schön. Drum will kein Politiker schwererkrankte Toneropfer sehen. Auch viele Sozialrichter halten solche Bilder fern. Dieses Elend sehen sie nicht gern. Drum vertreten sie bisher vereinfacht diese Sicht: Tonerstauberkrankte gibt es ja nicht. Sie verlassen sich da voll & ganz auf ihre superstarke Tonerstauballianz. Diese Verulkung, dieser Zauber macht sie schuldbefleckt, nicht sauber; das Jüngste Gericht wird wohl für sie dann ein recht nachhaltiges Gedicht? Vielleicht werden sie vorher noch bekehrt und durch eine professionelle, ja bunte Tonerpulver-Überbestäubung auch nachhaltig beschert und belehrt? Drum gebe ich der Kanzlerin noch als letztes mit: Saubere, gesunde Luft am Arbeitsplatz ist noch wichtiger als der letzte Griechenlandkredit. Ins Geschichtsbuch – es könnte sein - geht sie dann nicht unbedingt als Umwelt-Kanzlerin wohl ein? Das lag dann vielleicht an halb dementen vergesslichen Geschichtsdozenten. Vielleicht auch am Klarsichtraub durch den überall vorhandenen und selten oder gar nicht beachteten Instituts-, Universitätsbibliotheks-, oder Nationalbibliotheks-Tonerstaub. Ja diese Toxi-Nano-Schwermettallpartikel überwinden halt spielend die Blut-Gehirnschranken und bringen unfassbare Wirre in die Gedanken. Gewarnt haben auch deutlich zuletzt die professionelle HR-Sendung MEX moderiert von Claudia Schick und die bereits geraume Zeit vorherige WDR-Tonerstaub-Aufklärungs-Sendung moderiert von der sehr bekannten WDR-Fernsehmoderatorin Anna Planken. (one.ard.de/Sendungen/sendung.jsp?ID=13730710853) Die weit meisten bekannten Talkshowmaster scheuen gern diese Thematik. Das ist wahrlich ein Desaster. Es meint wohl treffsicher Frau Dr. Manuela Rose: Die haben vielleicht oder sicher Schiss wohl in der Hose? Wer sich zu keck gebärdet, dessen Aufstieg ist doch gar zu arg gefährdet?! Wer seinen Ehrgeiz diesbezüglich da wohl nicht zügelt, wird ganz herzlos abgebügelt? Eigentlich dürfte ich als Petrus nicht mit Kritik dermaßen schießen. Darum will ich endlich mit **pax omnibus hominibus** jetzt schließen, übersetzt ins Klar-Deutsch: macht nicht solchen Atemluftvergiftungs-Mist, weil das kaum segensreich, genüsslich & besonders friedlich ist. Vielleicht merkt auch die Kanzlerin noch im zehnten, elften, zwölften Jubiläums-Jahr, dass da ein übler Missstand ist und war. Da muss ich noch mal lachen: Sie sollte ihre eignen üppig dotierten Umweltspezis besser überwachen. Dann fangen sie vielleicht mal an zu denken und machen nicht so irre Sachen wie oh weh die von mir noch bis vor kurzem hochgeachtete, leider zu naseweise, störrische BG: Wer Tonerstaubkranke schamlos superb drangsaliert, wird hier oben keineswegs speziell hofiert. Die sachliste Aufklärungsarbeit zu dem Toneropferwohl leistete aus eigener Kraft, ehrenamtlich die Tonerstaubopferstiftung Nanocontrol. Das Leiden und der Sachverstand lagen und liegen da fest in einer Hand. Der Boss und ehemalig im Amt schwervergiftete und von der Politik lange unterschätzte hochprofessionelle Ex-Kripobeamte arbeitet emsig beim Recherchieren, Gott sei Dank, mit feinster Akribie. Das wollte und will die Tonerstauballianz von Staat und Industrie nicht, nach Möglichkeit nie. Ihm wohl tausendfaches Lob gebührt, da er die Tonerstauballianz schon sehr oft mit klaren Fakten des Lügens überführt! Dafür wurde er von Frau Stolz aus dem Bundesumweltamt verwarnt und fast böse angerammt? Der Herr Bundespräsident sollte mal darüber nachdenken, ob es geboten ist, ihm als sehr schwer Tonerkranken für seine aufopferungsreiche jahrzehntelange erfolgreiche Aufklärungsarbeit das Bundesverdienstkreuz mal zu schenken?

Meine Lieben, auf dem Triumph-Adler Tonerkarton steht es fett geschrieben: Täglicher Beschuss mit Tonerstaub, mein lieber Junge, ruiniert Dir irreversibel Deine Lunge: „Das stetige Einatmen von zu großen Mengen Tonerstaub über einen längeren Zeitraum kann Lungenschäden verursachen…. Das Einatmen, Verschlucken sowie Haut- und Augenkontakt vermeiden!" Drum jetzt noch schnell mein heute allerletzter Gruß mit einem dringenden, innigen Mahn-Appell: Fallt bloß nicht aus dem Zehn-Gebote-Rahmen, bleibt doch mal ohne Zauber sauber, Amen! Das Wie und Warum des Vermeidens von Boshaftigkeit und Übel steht klar in der Bibel. Hast Du noch keine, kauf Dir eine oder zwei, aber gefälligst laserdruckertonerfrei! Dann wirst Du auch beim fleißig Blättern von den vielen Bibelseiten ätzend üble Fingerhautverletzungen stets vermeiden! Widerliche, üble Bilder davon findest Du ja wohl nicht nur auf der Website von Nanocontrol! Immer wieder, klagt Frau Schmieder, kommen in unserem Druckzentrum die Krankheitssymptome, wie sie im Nanocontrol-Flyer aufgezählt werden:

Niesen, Halsschmerzen, geschwollene Lymphknoten, Dauerschnupfen, Husten, Atemnot, rote entzündete Augen oder Gesichtshaut, offene Wunden an den Händen, Entzündungen der Blase, der Prostata oder des Magen-Darmtrakts, Kopfschmerzen, Muskelschmerzen, Konzentrationsstörungen, Erschöpfung, Burnout und Schlimmeres immer wieder. Wer jetzt noch leugnet, dass Tonerstaub keine Krankheiten geriert, ist selbst krank, bescheuert und ein widerlich Tor! **Ob und wann die bundeswahlwähleranfreundende Presseerklärung der Bundesregierung vom 25.8 2016, dass Tonerstaub = Gesundheitsraub, in Gesetzesform wird je gegossen, sind vermutlich wieder Jahrzehnte oder ein volles saeculum (Jahrhundert) verdrossen verflossen?** Das Eingeständnis wird am 24.11. 2016 wieder auf Lobbydruck hin einkassiert. Dann seid ihr schon wieder angeschmiert. Klammheimlich wird es geschehen. Man wird auch nie eine Begündung jemals sehen. Da lob ich mir Frau Krimhilde Reichert. Die schimpft: Ich hau Euch eine auf das Dach, ich hab den Text rechtzeitig gespeichert.

Das Wichtigste für Euch von allen Dingen: Die weniger oder auch mehrjährige Durchgangslager-Erdenzeit sollte man nicht mit **allzu großen himmelschreienden Schweinereien** verbringen. Alle meine Schwestern und Brüder, die sich halbwegs daran halten, sehen wir mit der fast makellosen Frieda Schmieder dann hier oben bald wieder? Salute aus der Ferne: Valete aeterne." (Ich grüß Euch noch eben und wünsch für später ein ganz tonerstaubfreies, freudenreiches ewiges Leben).

Wer weiß denn sowas? Vermeiden Sie das!

Toxi-Tonerstaub = Gesundheitsraub. 2 Bilder: (www.nano-control.de, Gesundheitsgefahren durch Toner, Laserdrucker und Kopierer)

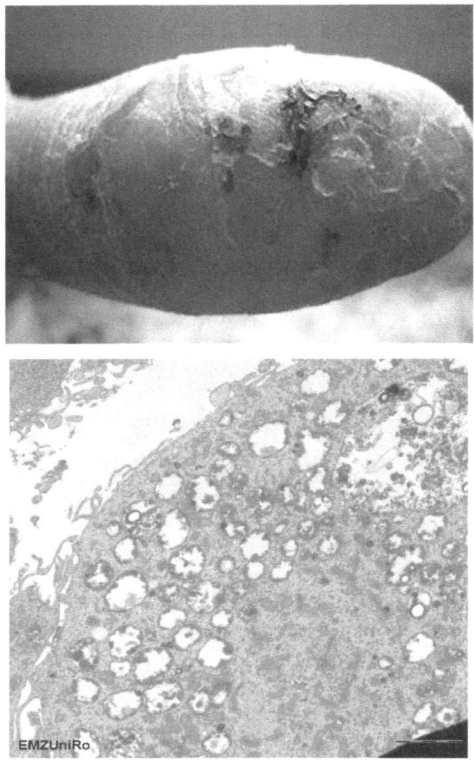

Tonerstaubpartikel in der Lunge eines Kopierer-Technikers. EMZ Uni Rostock (www.lifepr.de/bilderdokumenteall8:staub.gif 22.10. 2008 Wie lang hält das Einge-ständnis (Presseerklärung 25.8. 2016) der Bundesregierung dass Tonerstaub schwer krank macht? Die Tonerpaketaufschriften vom Kopierer-Vertreiber Triumph-Adler bestätigen die Gefahren bezüglich Lungenerkrankungen durch Tonerstaub seit vielen Jahren! Der schwer entzündete Finger gehört einem bei Nanocontrol registrierten To-nerstaub-Opfer. Das ist oft auch das böse Ergebnis beim Sortieren von Laserkopien!

Warnaufschrift auf Triumph-Adler-Karton

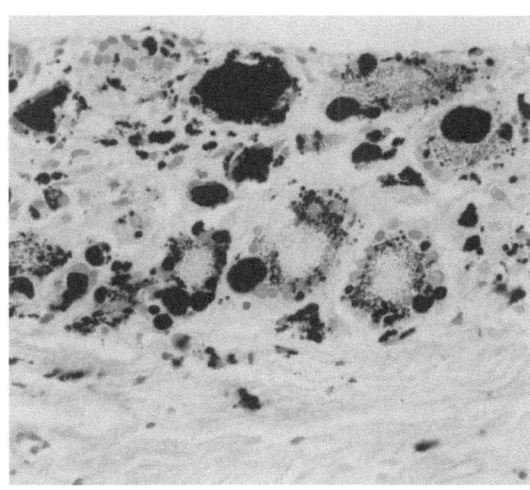

Abbildung 1 Tonerpartikel in der Bauchhöhle (Theegarten et al. Diagnostic Pathology 2010 5:77;doi:10Frankfurt, Berlin 2010 5:doi:101186/1746-1596-5-77)

SCHWEINEGRIPPENTANZ

Der Schweine-Grippentanz erinnert an Roman Polanskis Tanz blutgieriger Vampire?

Zeitfracht Medien GmbH
Ferdinand-Jühlke-Straße 7
99095 Erfurt, Deutschland
produktsicherheit@kolibri360.de